続・腎不全でもあきらめない

松村満美子［著］

ミネルヴァ書房

はじめに

『腎不全でも　あきらめない』を出してから、一〇年の月日が経ちました。

その間、NPO法人腎臓サポート協会が年に六回発行する「そらまめ通信」に登場してくださった患者さんたちは五〇名を超しました。前の『腎不全でも　あきらめない』（二〇〇七年）に登場してくださった三一人の皆様、すでにあの時点で長期透析をしてこられた方々の中には鬼籍に入った方もあり、一〇年という月日の長さをあらためて感じます。

現在、日本の透析人口は三二万人にもなり、透析の技術も大きく進歩を遂げています。にもかかわらず移植は相変わらず生体腎移植に頼っているのが現状で、その数も決して多いとはいえません。最近特に増えているのは親から子、子から親・きょうだいなど肉親からの移植よりも、夫婦間の、それもかなり年齢のいった夫婦の間の生体腎移植が増えてきています。永年連れ添ったパートナーを透析から離脱させて一緒に旅行をしたりして晩年を過ごしたい、そのために自分の腎臓の一つを提供しようというご夫婦が増えているのです。

そもそも私が腎不全との関わりを持ったのは今から四〇年以上も前、学生時代の友人で日本に透析を導入した医師の一人から頼まれて、患者さんのインタビューを始めたのがきっかけでした。

今や日本の透析技術は世界に冠たるものがあるのは周知の事実ですが、糖尿病からの透析導入が半数以上を占め、老年化が進んでいることも大きな問題点です。一方、私が腎不全と深い関わりを持つようになった小児の透析患者の数は、現在日本では極端に少なく、生まれつき腎臓の奇形など先天的な原因で透析に入るお子さんがほとんどです。正確な数字はわかりませんが、小児の透析患者は全国で極端に少なくなっています。

これは学校検尿をいち早く導入したわが国の快挙といってよいことだと思います。小学校から学校検尿で少しでも腎臓に問題があれば食生活などで対処して進行を遅らせ、どうしても食い止めきれなくても大人の体になってから透析を導入すればよいようになったため、小児の透析患者さんが少ないのです。これは世界に誇れるシステムです。

慢性腎不全（ＣＫＤ）は国民病として、生活習慣病として由々しき問題と認識されています。ＣＫＤがあると心不全や心筋梗塞、脳血管障害などで、透析に入る前に命を落とす人も多いということがわかってきました。

また、現在透析している人の高齢化とともに自分の足で透析施設に通えない人の送り迎えの問題、在宅で腹膜透析をやっている人でも、自分でできなくなったときに、家族以外には手伝ってもらえず、ヘルパーさんでは操作がおこなえないなど、いろいろな問題が浮上してきています。現在三二万人もいる透析患者さんたちですが、医療費が膨らみ続けているなかで自己負担がじわじわと増え、混合診療なども導入されることにでもなれば、ますます透析患者にとっては厳しいことになるかもしれません。

今年、設立一六年目を迎えたNPO法人腎臓サポート協会の存在が、腎不全に関する情報を提供することにより、透析導入を遅らせる手助けをしている可能性が大きいことも、アンケートの結果明らかになりました。また、いよいよ透析導入となった時の治療法の選択も、当協力の情報がお役に立っているようです。

今回この本に登場してくださる皆様には事前に了解を得て「そらまめ通信」に掲載された写真とともに、読みやすいようにインタビュー記事を読み下し文に直し、仕事や病歴については取材当時のものを採用し、現在のご本人の様子は最後に少し付け加えました。

松村満美子

続・腎不全でも　あきらめない　目次

第四章　腎移植して健常人並み……151
――献腎移植(亡くなった方がドナー)・生体腎移植(身内からの片腎提供)――

おわりに

第一章　慢性腎臓病（ＣＫＤ）保存期

——透析導入を遅らせるために——

1 腎臓病になったおかげで長生きしています

刈屋博さん

1948年生まれ
編集者
【病歴】1976 年 28 歳
慢性腎臓病と診断

全てを封印して、食事療法を徹底

保存期を三七年保っている編集者の刈屋博さんは、何事にも全力投球です。徹底した食事療法をしながら、「そら豆クラブ」というブログで腎臓病保存期の情報を発信してきました。「腎不全と診断されてもわからないことがたくさんあったので、患者同士、困ったことや役立つことなど、お互いに情報交換できればと思ってブログを始めました」と、保存期の生活環境をより良くしたいと、全国各地で開かれる腎臓病関係のセミナーやワークショップに参加してはその報告を掲載したり、制限食を美味しく食べるため、自ら研究し調理したノウハウを公開していました。

そんな刈屋さんですが以前はまったく正反対の生活を送っていました。毎晩飲んで食べていう編集者のイメージそのままに、寝る時間も惜しんで浴びるように酒を飲み、そのめちゃくちゃぶりはハンパではなかったようです。それが腎不全からくる数々の合併症に苦しめられた結果、今度は完璧に自制するようになったのです。茢屋さんをここまで変えた合併症の怖さとはどんなものだったのでしょうか。

不規則な生活、暴飲暴食、治療せず腎不全に

茢屋さんが慢性腎不全（ＣＫＤ）と診断されたのは一九七六年、二八歳の時でした。出版社に就職して六年、一人前の編集者として手応えを感じる毎日、「煙草は一日五〇本以上、仕事が忙しいのは当たり前、遊ぶのも仕事のうち」と深夜の三時四時まで飲み歩き、睡眠時間は平日で二時間、週末にやっと四時間でした。「当時カフェイン三〇〇というドリンクがありそれを飲んで保たせていました」と、学生時代からスポーツ選手として活躍し体力には自信があったため、病気になるとは考えてもいなかったそうです。

それでも検診で「慢性腎臓病で一生治らない」と診断されたときは三日だけ禁酒をしました。当時は医療不信の話題がマスコミで頻繁に取り上げられており、「ただの脅しだったんじゃないか」と自己診断し、もとの生活に逆戻りしてしまいました。仕事も脂がのってきて、「体はすごくだるいんですけど、精神は充実していた。仕事が終わる頃になると

精神力も落ちてくるので、『さぁ、飲みに行こう』の毎日でした。風邪を引いてもウィスキーを飲んで寝ていれば治ると思っていましたから」というムチャぶり。後になって調べてみると三度も肺炎になった跡があったそうです。

体が酒を受けつけなくなり、食事制限を開始

三〇歳を過ぎてさすがの苅屋さんも「これはまずい」と感じるようになったものの、信頼できる医師に出会えずに病院を転々としていました。三五歳の時に東京女子医科大学の佐中孜先生に出会い、親身に相談に乗ってくれるのに感銘を受け、通院し始めました。今では全幅の信頼を寄せ、一緒に治療をしているという感覚でいますが、生活習慣を改めるまでには時間がかかりました。

まず最初は禁煙でした。三七歳の時に原因不明の高熱が出て検査をしたら肺に影があるといわれ、肺ガンの怖い写真を何枚も見せられました。しかも奥様は大のタバコ嫌い、やっと禁煙に踏み切りました。禁酒は四五歳のとき、お酒を飲むと吐いてしまうことがたびたびありましたが、そんな時でも口を洗ってまた飲んでいました。が、ついに体がお酒を受けつけなくなり、以来、禁酒をして慢性腎臓病であることを公言、まわりのみんなも理解してくれて、夜の誘いもなくなり、食事制限を始めたといいます。

心機一転、充実した日々を送っていましたが、ある日、立っていられないほどの頭痛とめまいに襲われ、すぐ病院に行くと血圧が最高は一八〇、最低は一三〇を超えていて、降圧剤を飲んでいても高血圧は一向に良くなりませんでした。それから四年ほど経つと今度は痛風の発作に見舞われました。ところが痛風の薬は腎臓に悪影響があるので使えず、痛みを我慢するしかありませんでした。「再発を繰り返すうちに足の親指のつけ根からかかと、ひざへと痛みが広がっていくんです。寝返りを打つたびに激痛が走って目を覚まし、寝ることも立つこともできませんでした」。

耐えきれない痛みを経験した苅屋さんは、それから徹底的な食事療法を始めます。三食低たんぱく米、肉や魚の量を減らし、塩なしで調理しました。以前にはときおりカツオ節やコンブでダシをとったみそ汁を飲んでいましたが、そのみそ汁もやめました。睡眠も三〜四時間だったのを六〜七時間にして、その結果、高血圧は改善し、痛風の発作が起こりそうになったときは薬で抑えることもできるようになりました。

「透析になるかも」というイメージはまったくないんです

徹底した食事療法を続けていた苅屋さんは、会社には低たんぱく米と冷凍の低たんぱくおかずセットを持参していました。時々外食するときは、塩を使わないで調理をしてくれるように頼むのだそうですが、減塩を続けていたら素材の味がよくわかるようになったそうです。さまざまな腎臓病の治療食を試し、どう工夫したら美味しく食べられるか、試行錯誤を繰り返しました。最近では腎臓病食も美味しくなり、またこの二〇年で食事制限の指導も変わってきているといいます。「以前は肉はダメで野菜、特に根菜を食べなさいといわれていたのが、最近ではカリウムが問題なので野菜は控えなさいといわれます。たんぱく質も肉や魚を食べるように指導されるので、一〇年ぶりくらいにトンカツを食べましたよ」。

若い頃、無茶な生活をしたにもかかわらず三七年間保存期を保ってこられたのは、食事の管理だけではなく、体質や性格も関係があるようです。

「私の場合、糸球体はかなりだめなんですが、尿細管の再生能力が高いらしく、進行が抑えられているところもあるようなんです。それと悩んで病気が良くなるわけではないから気にしないことです。萎縮しちゃうと免疫力も落ちますからね。だから『透析になる』というイメージはないんです。若い頃にひどい生活をしていましたから、当時の仲間は早死にしている人が多いんですが、私は腎臓病になったおかげで、長生きしているともいえるんですよ」。

（「そらまめ通信」二〇一四年二月号取材より）

その後の苅屋さんはますます食事療法を徹底させ、三〇〇種類以上の腎臓病食を作ったとか。自分が食べる分だけでなく、夕食は奥様やお嬢さんの分まで作るようになったそうです。食事療法に集中しているため、忙しくてブログ「そら豆クラブ」の方はぜんぜん更新できなくなったそうです。努力のおかげで検査結果も良くなったということです。「今後も薬をきっちり服用しながら食事療法と適度な運動を続け、透析を回避したい」と、何事にも一生懸命な苅屋さんなら透析にならずに天寿を全うすることもできるのではないでしょうか。

（二〇一六年五月記）

2 永年、腎臓病を放置したことを反省！

相澤一幸さん

1960年生まれ
市役所職員 保育園園長
【病歴】1975年15歳で腎臓病を発症，50歳 扁桃摘出・ステロイドパルス療法

透析にならないように治療に専念

「そらまめ通信」で手記を募集したときに佳作に入選した相澤一幸さんはＩｇＡ（アイジーエー）腎症で慢性腎臓病ステージ四で保存期の治療を受けていました。子どもの頃から腎臓が悪いのはわかっていましたが、治療せずに放置していました。そのため病気が進行してしまい、五〇歳のときにＩｇＡ腎症が治るといわれている扁桃摘出・ステロイドパルス療法（大量のステロイド剤を集中的に投与する療法）を受けましたが、数カ月にわたる辛い治療のあいだに今まで顧みることが少なかった家族の大切さに気付かされたといいます。

「辛い治療に耐えてきたことで、家族、特に家内の有り難さを痛感しました。今までは家庭を顧みず、仕事や友達を優先してきましたが、透析にならないよう治療に専念し、外で費やしていた時間を家族のために使いたいと思うようになりました」。

みんなと同じでいたかった……その結果、病気を放置

相澤さんは中学生のときに運動部のスパルタ合宿に参加し、高熱を出して数日休んだことがありました。数カ月後の健康診断ではクラスで一人だけ再検査となり、さらに精密検査のため入院、血尿、たんぱく尿ともに＋3で安静を指示されました。退院しても自宅療養、友達がみな学校へ行っているときに一人家で休んでいても病気への不安が募るばかりで、書店に行っては関係書を読みあさる日々でした。そんな姿を見かねたお父さんが「人生の大事な時期に病気の本ばかり読んでいても仕方ないだろ。あまり気にし過ぎるなよ」といってくれたので、「そうか、気にしなくていいんだ」と学校に行くようになりました。ちょうどマラソン大会が開催されたので、医師から許可が出たと嘘をついて参加したところ、体調が悪くなることもなく、「大丈夫なんだ」と思い込んでしまったそうです。

「ただみんなと同じでいたかった。病気のことを勉強すればするほど考えこんでいく自分が嫌になっていたんですね。考え過ぎて動けなくなるより今を楽しく生きたいと、はき違えた前向き志向が先行しちゃって。浅はかでした」。

その後も検診のたびにたんぱく尿は出ていましたが、三五歳で初めて人間ドックを受け

るまで病院へは行きませんでした。人間ドックでは血尿、たんぱく尿が＋3でしたが血圧も正常でほかにはどこも悪いところがなく、やはり放置し続けてしまいます。そして四六歳のときに受けた人間ドックでは高血圧も指摘されました。その頃は毎日深夜の二時三時まで飲み歩き、タバコも吸っていたので、無理しすぎたかなと、念のため大学病院を受診するとクレアチニン値が一・五、腎生検を受けることとなり、結果、ＩｇＡ腎症と診断されました。もう少し進行したら扁桃摘出・ステロイドパルス療法もあるし、将来的には透析療法があると説明を受けましたが、しばらくは薬で様子をみることになりました。

辛い治療に家族の献身的な支えを実感

病気は徐々に悪化し、診断を受けてから四年後、五〇歳でクレアチニン値は二を超えてしまいました。その頃でした。堀田修先生の本に出会いＩｇＡ腎症が治ると書いてあるではありませんか。堀田先生に診てもらいたいと思いました。週に一回、東京の病院に来るというので問い合わせると外来は一年半待ち、矢も盾もたまらず仙台の堀田修クリニックまで出掛けていきました。

「今まで何をやっていたんだと怒られました。年齢がいき過ぎているので治る可能性は低いけれどもと、扁桃摘出・ステロイドパルス療法を勧められました。それまで診ていただいていた先生も腎臓病の権威で不満があったわけではありませんでしたが、扁桃摘出・ステロイドパルス療法を受けることにしました」。

ステロイドを大量投与するパルス療法と扁桃摘出手術、そしてまたパルス療法と、半年で三回入院し、扁桃摘出手術のときは一日中血を吐きっぱなし、パルス療法ではステロイドの副作用で顔はムーンフェイス、肩の周りも座布団をいれたように浮腫み、肩こりもひどく、足も浮腫みました。治療の結果、血尿はなくなりたんぱく尿も＋3から2へと改善しましたが、病気そのものを押さえ込むことはできませんでした。

しかし、このときの辛い治療で痛感したのが家族の有り難さでした。奥様は自宅のある茨城県筑西市から東京の病院まで片道三時間かけて一日置きに通ってくれ、その献身的な支えに感激した相澤さんは、「結婚してからずっと家庭より仕事や友達を大事にしてきましたが、今は家内と子供に目がいきます。週末は一緒に食事に行くようになりました」と人生観が変わったそうです。

家族と自分のために病気と正面から向き合って

取材当時の相澤さんは慢性腎臓病のステージ四で、食事療法はたんぱく質と塩分を控えた食事を奥様が用意していましたが、ストイックにしすぎてストレスを溜めてしまわないように、食べたいときは食べ、その後の食事で調整するようにしていました。「仕事の関係で宴会もあり、周りに気を使わせたくないので必ず出席し普通にしていますが、その後二～三日は三食とも徹底して制限しています。減塩調味料も取り入れ、一日ではなく一週間スパンでコントロールしています」と。そのおかげで以前より体調も良くなったそうです。

透析のことを考えると自分でやる腹膜透析は無理、血液透析かな、と感じていたところ、そのときが来たら「私の腎臓を提供したい」と奥様から移植の提案をされたそうです。「健康な身体を傷つけて、臓器を提供するなんて簡単にいってはいけないことですから、『親にもらった身体の一部をそう簡単に決めるものではない、俺にいう前に親にいわないといけない』といったら、もういってあるっていうんです。言葉が出ませんでした。嬉しかったです、ただ嬉しかったですよ、涙が出るほどね。自分だったらどうなのだろうと自問自答しても、すぐさま答えられないようなことですからね」。

そんな奥様の深い愛情に支えられている相澤さん。三〇歳までにきちんと専門病院を訪れ適切な治療を受けるべきだったと後悔はするものの、これからは家族と自分のために病気と正面から向き合って、妻と子供たちと共に人生を楽しみたいとしみじみ感じているそうです。

（「そらまめ通信」二〇一四年一二月号取材より）

その後も、食べたいときは食べ、その前後で調整するというメリハリのある食事管理を続けているため、検査値が悪くなることもなく、元気に過ごしているそうです。扁桃摘出手術のときに禁煙したためか、ご飯が美味しく少しお腹が出てきたのが気になるとか。仕事も順調で、家族円満幸せな日々を送っているとのこと、現在は、土木部土木課長としてご活躍です。

（二〇一六年六月記）

3 こんな事でへこたれたらあかん、とパルス療法で今は寛解

横尾雅さん

1978年生まれ
主婦
【病歴】2010 年 33 歳 腎臓病を発症，2011 年 扁桃摘出・ステロイドパルス療法を受け寛解

発病から結婚、治療、出産まで試行錯誤の繰り返し

ネット上で腎臓病用のレシピが珍しかった頃、クックパッドに低たんぱくレシピをたくさん載せている人がいるというので連絡してみました。投稿していたのは横尾雅さん、若々しいお母さんで、オリジナルの低たんぱく・減塩レシピは一三八もありました。

二〇一〇年の冬、横尾さんは三カ月後に結婚式を控えてＩｇＡ（アイジーエー）腎症を発症しました。周りの理解を得て予定通りに結婚式をあげ、すぐに扁桃摘出・ステロイドパルス療法を受けて寛解（完治ではないが、症状がなくなる）、翌年には念願の女の子を出産しました。腎臓病を早期発見・早期治療することで病気の進行を抑えることができた横尾さんですが、発病から結婚、治療、出産まで全てが何もかもわからないところからのス

タートで、不安と戦いながらの試行錯誤でした。その結果がクックパッドに投稿した数々のレシピです。どうして早期発見・早期治療ができたのか、そしてこれからのことなどを伺いました。

扁桃摘出・ステロイドパルス療法で寛解

結婚式を控え、希望に満ちていた横尾さんは高熱が出て近所の病院に行きました。急性腎炎で大きな病院で診てもらうようといわれ、近畿中央病院ですぐに腎生検を勧められました。検査の結果、ＩｇＡ腎症と診断され、これは治らない病気であること、放っておくと将来は透析になることが告げられましたが、ＩｇＡ腎症とは一体どんな病気なのか、透析とは何なのか、まったくわからず毎日不安で泣いていたといいます。

周囲には結婚を取りやめるようにという人もいましたが、婚約者だったご主人は「そんなことは関係ない」といってくれ、病気について熱心に調べ、病気でも元気で前向きに頑張っている人がたくさんいることを知らせてくれ、少し不安が解消しました。それでも食事療法の指示以上に、食べるのがこわく五キロもやせてしまったそうです。

横尾さんが結婚したのは三二歳、高齢出産になるまえに子供が欲しいと考えていたので、妊娠は大丈夫か栄養師に相談してみました。すると「子供のことは主治医にいわないほうがいい、嫌がるから」との答え。ショックでまた毎日泣いてばかりいました。それでも勇気を出して主治医に相談すると、「IgA腎症でも子供を産んでいる人は何人もいますから大丈夫」といってくれ、今度は嬉しくて涙がとまらなかったといいます。「でもこのままだと妊娠・出産で死ぬかもしれません。子供が欲しいのなら、扁桃摘出・ステロイドパルス療法をしたほうが絶対にいい」と勧められ、その場で「治療します」と即答しました。

扁桃摘出という初めての手術に大量のステロイド投与、さまざまな副作用の説明があり不安でいっぱい、でも治療の結果には希望が見えていました。治療前と治療後のデータの差は歴然、寛解と告げられました。寛解とは、「症状は落ち着いているが再発の恐れあり」との説明を受けほんの少し気落ちしましたが、「やりたい事だってたくさんある。頑張らずにへこたれてたらどんどん悪くなってしまう。自分の病気とちゃんと向き合って、この病気と一生付き合っていこうと覚悟を決めました」。

食事を徹底的に自己管理、無事に女の子を出産

腎臓病の食事療法は腎臓に負担をかけるたんぱく質を制限し、それで減ってしまうカロリーを補給しなくてはなりません。でも、実際にやってみると難しく、良質なたんぱく質は摂る必要があるし……、料理大好きの横尾さんも何を作ったら良いのかわからなくなっ

てしまいました。腎臓病食のレシピ本はあるのですが、使い慣れたネット検索では自分の病状にあったレシピは見つかりません。治療食も取り寄せてみました。慣れない制限食作りや病気のストレスで甘いものばかり食べるようになっていました。

ある日、近くで開催された腎臓病教室に参加して、カロリー不足になると自分の体のたんぱく質を分解して補うのでかえって腎臓に負担をかけてしまうことなど、質問にも丁寧に答えてくれ、日頃の疑問が解消したそうです。これからは、低たんぱく、減塩、高カロリーで、良質なたんぱく質を摂る食事を心がけていかなければならないとあらためて決心しました。毎日きちんと計量し、小麦粉のかわりに片栗粉を使ったり試行錯誤を繰り返し、ひとつのレシピが完成するまで何度もやり直したこともありました。そしてこれならという一皿ができあがるとブログやクックパッドにアップするようになったのです。

「主治医は、厳しくするとストレスになってしまうから、たとえば焼き肉を食べたら次の日に気をつければいいといってくれるので、少し食べ過ぎても後悔しないようにしています。食べたらいけないものなんてないし、食べたいものはじょうずに調整して食べるようにしています」。

制限食作りにも慣れた頃、やっと主治医から許可が出て横尾さんは念願の妊娠をしましたが、また新しい不安が次々とおそってきて泣いてばかりいました。そのあいだにもお腹の赤ちゃんはどんどん育っていくので、心配したって仕方ないと腹を決めてマタニティライフを楽しんで過ごすよう頭を切りかえました。産婦人科では「腎臓が悪化すれば妊娠を中断しなければならない場合もある」といわれ、食事制限はこれまで以上に頑張りました。赤ちゃんにちゃんと栄養が届いているか心配でしたが、「お母さんは栄養不足になっても、赤ちゃんには栄養が届いているからちゃんと育ちますよ」といわれ一安心。二〇一三年八月に女の子を出産。それからは子育てに家事に自分の食事の用意にと忙しく、ブログへの低たんぱくレシピ投稿は一時お休み。それまで別に作っていたご主人の食事も一緒に作るようになりました。そうしたらラーメンが大好きなご主人が「外で食べるラーメンは味が濃すぎる」といったとか。すっかり薄味になれて、家族の健康にもひと役かっているようです。

将来、透析になる覚悟でもう一人子供が欲しい

横尾さんのように初診で腎生検を勧められることはあまり聞きませんが、実は主治医の奥様もやはりIgA腎症で二人も子供を産んでいらっしゃるとのこと。それで普通なら見過ごしてしまう可能性の高い病気を初期の段階で発見し、適切な治療をしてくださったのでしょう。「どうして自分が腎臓病に?」と悩んだ横尾さん。良い先生との出逢いが幸運

だったといえます。これからもう一人子供が欲しいと、そのため、制限のある食事でもきちんと栄養を摂り体力をつけなければと考えています。妊娠・出産で透析になってしまったとしても、「その覚悟はできています。でも大丈夫、透析にはなりません」と。強運を信じ、徹底的な食事療法を実践している横尾さんのこと、透析にならずにすむかもしれませんね。

（「そらまめ通信」二〇一五年八月号取材より）

インタビューをしたときにちょうど妊娠中だったという横尾さんですが、その一カ月後に子宮がんがみつかり流産してしまったそうです。しかしがんは初期だったので二回の手術できれいに削除でき、抗がん剤も放射線治療もしなくて大丈夫でした。すっかり回復し、腎臓の検査値のほうも以前より良くなっているので、次の妊娠を待ちわびています。食事はしっかり計算することを身につけたので、今では計らなくても大丈夫だとか、ご家族一緒に健康的な食事を摂るようにしているとのことでした。

（二〇一六年八月記）

第二章　血液透析をしていてもこんなに元気

——在宅透析・施設透析——

4 看護師の妻のサポートで、在宅透析歴日本一

田中彰良さん

1946年生まれ
一級建築士
【病歴】1966年 20歳 急性腎炎，1968年1月 腹膜透析，6月 血液透析，1975年4月 29歳 家庭透析

透析をしながら完全社会復帰

一九六八年に透析を始めた田中彰良さんは、取材当時、日本の透析歴最長だったと思います。二〇歳の時に急性腎炎を発症し入院、看護師として働いていた美智代さんと出会い、透析導入後に結婚、二人のお子さんにも恵まれました。初期の家庭透析を始め、透析をしながら仕事に勉強にと励んで一級建築士の資格を取得、完全に社会復帰を果たし、以来、家族の大黒柱として現役バリバリで四輪駆動車で建設現場を走りまわっていました。「妻がいたからここまで生きていいます」という田中さんを、静岡県磐田市のご自宅兼事務所におじゃまして、美智代さんと二人三脚で歩んでこられた道のりを伺いました。

透析導入後に、反対を押し切って結婚

一九六六年、水産大学三年生の田中さんは急性腎炎で実家近くの浜松の病院に入院しました。その病院で看護師として働いていた美智代さんと出会い、ともに二〇歳の二人はすぐに親しくなりました。田中さんは詳しい病状をご両親には知らせずにいましたが、それを見かねた美智代さんは、差し出がましいことと思いつつ田中さんの実家に連絡し、主治医から詳しい説明を聞くように勧めました。早速ご両親は先生と話し合い、たまたまお父さんの知人が東京の虎の門病院に勤めていたので相談することにしました。日本の透析医療の草分け的存在である虎の門病院では人工腎臓を始めたばかりで、すぐに転院が認められました。

大学を中退した田中さんは治療を受けながら建築の専門学校に通い、二年後には都内の設計事務所に就職しました。しかしその頃には末期腎不全の症状が出て一九六八年一月、二二歳で腹膜透析を導入しました。当時の腹膜透析は現在とは違い、たくさんのビンをぶら下げ、それを連結管でつないでポンプでお腹の中に送り込み、時間がきたら排液を捨てるということを一晩中やるものでした。トラブル続きで、半年で血液透析に切り替え、週に二回、八時間の透析を受けながら新しい仕事を始めることになりました。

田中さんについて上京してきた美智代さんは東京の別の病院に就職し、二人は一九七〇

年に結婚。式はあげず、患者会の仲間が喫茶店でパーティを開いて祝ってくれたというささやかな門出でした。美智代さんの家族からは反対されましたが、「私は自分の人生だから自分で責任をとればいい。主人が長生きできるとは思いませんでしたので、生きている間だけでも面倒をみてあげたいという気持ちで結婚しました」(美智代さん)。

郷里で一人前に働きたくて家庭透析に切り替える

一九七五年、家庭を持ち二九歳になった田中さんは生活のためにも完全に社会復帰し一人前に稼ぎたいと、郷里の静岡で建築士として独立することを考えていました。そのためには自宅で透析ができれば都合が良いと、虎の門病院の家庭透析患者第一号として実習を受けました。透析用の水のタンクが大きな洗濯機の倍ぐらいあったので、たまたま実家を建て替える時、透析用の部屋も作ってもらいました。地元の建設会社に就職し現場監督として丸太を運ぶなど肉体労働もしながら勉強を続け、五年後には一級建築士の資格をとって建築設計事務所を開設して独立、念願の完全社会復帰を果たしました。

しかし家庭透析はまだ確立されていない治療法でしたので、全てが順調というわけではありませんでした。虎の門病院からは月に一回、機械のメンテナンスやフォローに来てくれましたが、薬剤などは毎月の定期受診時の帰りに車で運んだそうです。透析機械の不調にも悩まされました。

「帰りは車のサスペンションがへたるくらい重く、坂の途中でパンクして土砂降りのなかひとりで荷物を全部おろしてスペアタイアに交換したこともありました」（田中さん）。

「透析機械からの血液もれがあったので毎回空気がもれてないかチェックしました。充填しているホルマリンを洗い流すのにも六～七時間はかかったので、一回の透析に一二時間はかかりました」（美智代さん）。

家庭透析を始めれば元気になるだろうと思っていたのに、当初の体調は最悪でした。そのうち機械の改良も進み、一回の透析も五～六時間に短縮。体調もようやく上向いてきました。おかげで一九七八年には男の子を、八〇年には女の子を授かりました。

副甲状腺の手術、交通事故も乗り越え「ここまでこれたのは妻のおかげ」

一九九〇年には管理病院を名古屋の新生会第一病院に変えました。新生会第一病院は多くの家庭透析患者をサポートしている病院で、自宅で透析がやりやすいように考えてくれるので透析も順調でした。とはいっても長く透析をしているとさまざまな合併症も出てきます。一九九〇年頃から低カリウム状態が続いて下痢気味になり、体調もおもわしくなく、二〇〇三年には不正脈も出て、歩くのもままならなくなりました。以前から取るようにいわれていた副甲状腺の肥大が進み、骨がもろくなったり、関節が痛くなったり、心臓も悪くなりました。「持って生まれたものを取りたくない」と延ばし延ばしにしていたのが良くなかったようです。手術で副甲状腺を取り除くと、体調も改善、歩くこともできるようになりました。もっと早く手術をしておけば元気に歩くことができたのにと悔やまれたそうです。

二〇〇七年の六月には不慮の事故にも見舞われました。車で信号待ちをしているときに、後ろのトラックにぶつけられて前のダンプにぶつかって車の前後がグチャグチャになるというアクシデントでした。「気がついたら体は腫れあがり、鼻や口からは血が出ていました。妻は『主人は透析をやっています。透析やっていますから』とそればっかりいっていました。救急車で浜松の医療センターに運ばれ、脳挫傷と眼底骨折はしていましたが、体の骨は奇跡的に折れていませんでした」。透析をしていると骨がもろくなりますが、大きな骨折もなく済んだなんて信じられないことでした。仕事を休んだのも一週間だけでした。

透析歴四〇年の間にはさまざまなことがあり、その日々は美智代さんなしでは語れません。妻として看護師として、田中さんの体のことを誰よりも理解し、透析の準備から穿刺、食事の管理とあらゆる面で支えてきました。透析とともに、二人で築いてきたかけがえのない日々、その長期透析の記録を更新しています。

「いろんなことがたくさんあって、本当に充実していました。いいことも悪いことも、いっぱい詰まっている。今なにかが起きて突然この人がいなくなったとしても、やることは全てやってきたという充実したものがあるような気がします」（美智代さん）。

「女房のおかげでここまで生きています。それはもう間違いない。透析でこれまで生かしていただいた以上、明日どうなっても思い残すことはないですネ（笑）」（田中さん）。

（「そらまめ通信」二〇〇八年一〇月号取材より）

二〇一三年九月、四五年と一〇カ月の透析を経て、田中さんは六八歳で亡くなりました。その人生は透析の歴史そのもの、最後の一年は次々と襲いかかる合併症と夫婦二人で闘う日々でした。奥様の美智代さんはこう振り返ります。「考えてみれば四五年間、ずっと闘ってきたようなものです。主人から得たものが多くて、私が先のことを考えて心配すると、『どうなるかわからないことにくよくよしても仕方ない』と、彼はおおらかで冷静な人でした。四五年前に結婚したときとずっと変わらずとても素敵な人でした。彼がたくさんくれた思い出を胸に、これからも子供たちを見守っていきたいと思います。結婚して本当に良かった。パパ、長い間ご苦労様でした。そしてありがとう」。

（二〇一六年七月記）

5　長時間血液透析にしたら、高血圧が改善、足のけいれんも治った

森沢隆司さん

1961年生まれ
建設業（自営）
【病歴】1981年 20歳 血尿と腹痛，2003年 41歳 血液透析，2008年 長時間血液透析

長年悩んだ症状が、長時間血液透析で改善

足がつる、座っているだけで足がしびれる、階段の上り下りが辛い、なんか体の調子がおかしいなと感じながら栄養ドリンクを飲んで仕事を続けていた森沢隆司さんは、お母さんに懇願されて病院に行くと、クレアチニンが値一七で即透析導入になりました。血液透析を導入してからも、高血圧、貧血、足のけいれんやむずむず足などに悩まされ続け、食事制限と大量の薬でしのいでいました。それが長時間血液透析をするようになって、これらの症状がうそのようになくなったのです。普通によく食べ、薬もたった一錠だけになりました。透析の辛さが一生続くのかと一時は自暴自棄になって仕事もやめてしまったといいますが、どうやって立ち直ったのか、血液透析導入から長時間血液透析にたどりついた

経緯について、奥様のめぐみさんと一緒にお聞きしました。

クレアチニンは値一七、医師の説明に意識を失う

自営で建設業を営んでいた森沢さんは職人たちの先頭に立って仕事をするタイプ、それが信用につながり仕事の依頼もたくさん入っていました。ところが二〇〇二年の夏は異常に疲れが出て、貧血で食欲もなく、トイレも近くなりました。夏バテだろうと栄養ドリンクを飲みながら仕事を続けていましたが、涼しくなってもいっこうに体の調子は戻りません。頻繁に足がつり、冬になると座っているだけで足がしびれ、犬の散歩や階段の上り下りもつらくなりました。長野の実家に帰ったときにお母さんは一目会うなりびっくり、奥様のめぐみさんに「そばにいてなぜ気がつかなかったの。このままじゃ死んじゃうかもしれない。とにかく病院に行かせて」と泣きながら訴えたそうです。

自宅に戻り横浜市民病院を受診すると、クレアチニンは値一七、立っているのも不思議なくらいの値で、「この病気は一生治らない。今すぐ入院して、透析をしなければならない」といわれ茫然とし、そのまま意識を失ってしまいました。気がついたら集中治療室に寝ていて、その時はじめて「俺って病気なんだ」と実感したといいます。

先生からは血液透析と腹膜透析の説明があり、仕事のことを考え腹膜透析にしたいと思

いましたが、「清潔にしなければいけない」といわれ、自分には無理だろうと二〇〇三年の一月から血液透析を導入しました。四一歳のときです。

病院嫌いで大事なサインを見過ごす

森沢さんが四一歳まで自覚症状がなかったのかというと、実は子供の頃から幾度も大事なサインが出ていたのを見過ごしていたのです。最初は小学生の頃、尿検査でひっかかっていましたが、特に何ともなかったので放っていました。そして二〇歳のとき、激痛とともに血尿が出て泌尿器科で有名な病院を受診。「膀胱炎かなにかでしょう」といわれ薬を出されましたが痛みはまったく治まりませんでした。このときの検査は恥ずかしさを通り越して痛くてたまらないもので、そのうえ効果がないのですからすっかり病院嫌いになってしまいました。血尿といえば普通ならば腎臓も疑いますが、「腎臓は悪くない」といわれ、このときにわかっていればクレアチニン値一七などという大事には至らなかったかもしれません。その後はお母さんが勧めてくれた漢方薬を飲んでいたらお腹の痛みもなくなり、血尿も止まりました。それからも健康診断でひっかかってはいましたが、痛みもなく血尿もなかったので、病院を敬遠していたといいます。

辛い透析が一生続くのかと絶望して仕事も放棄

週三回の血液透析を始めても、森沢さんの体調は一向に良くなりませんでした。貧血は起こすしめまいはするし、透析自体が辛く、一生これが続くと思うと精神的にも参ってしまい、絶望的になりました。それまで真面目だけが取り柄、仕事を休むなんて考えられなかった森沢さんが、発注元の会社の社長さんに八つ当たりしてケンカになり、とうとう仕事もやめてしまいました。「『仕事のせいで自分はこうなった。もう仕事はしない』と言い放ち、蓄えを食い潰す毎日。全てに対して『もうどうでもいいや』と投げやりになっていました」。

そんな状況のなかでも、奥様のめぐみさんは動じませんでした。「子供は小学生と中学生で、上の子がこれから私立の高校に進学するという時期だったので、内心はこの先どうなるのだろうとすごく不安でした」とはいうものの、文句も言わず静観したまま一年ほどが過ぎました。心配になった森沢さんが「家にまだお金はあるの?」と聞いたところ、「もうない」という返事。通帳を見たら本当になくなっていて、さすがの森沢さんも「これは何とかしなければ」と目が覚めたそうです。以前のように現場には出られませんが、自営業を再開し、めぐみさんも保険の代理店などの仕事を始めました。

長時間血液透析でも、夜の八時間は寝ているだけだから苦になりません

長時間血液透析に出会ったのは二〇〇八年、透析を始めてから五年目でした。友人が「いいらしいよ」と勧めてくれたのですが、「塩分・食事制限がない」「高血圧が治る」「薬が減る」といいことばかりいうので、「そんなのありえない」と反論したそうです。友人はしっかり調べて金田浩先生のやっておられることを教えてくれました。ちょうど自宅から近い横浜に新しい透析施設が開設されるというので、話だけでも聞いてみようとめぐみさんと一緒に説明会に行きました。「夜寝ているあいだにしっかり透析して、昼間は一生懸命働きなさい」という話は筋が通っていて納得がいきました。透析室はきれいで、木製のパーテーションで区切られた個室はゆっくりできそうで、やってみたいと思いました。

月・水・金の週三回、夜の一〇時から朝の六時までの八時間透析を始めると、友人のいっていたことが本当だったことがわかり驚いたといいます。まず血圧ですが、それまでは食事制限をして塩分を控えていても、高血圧で心臓も悪くなり、降圧剤を飲み続けていました。それが「なんでも食べていいよ」というのですから最初は「大丈夫かな～」とおそるおそるでしたが、塩分を気にせず普通の人と同じに食べても、血圧が下がってきたのです。そして薬が減りました。毎日両手一杯の薬をのみ、それでも検査値が悪くてまた薬が増えるという状況だったのが、検査値もよくなり薬も一日一錠だけになりました。悩ま

されていた手足の冷えも改善し、足のまひやむずむずするのも治りました。あまりの効果に透析仲間にも勧めてみましたが、透析時間が八時間と聞くと敬遠する人が多いといいます。「たしかに昼の八時間は長いと思いますが、夜の八時間は寝ているから速いですよ。私はぐーぐーいびきをかいてぐっすり眠っていますし、通常の透析のときは透析後にふらふらしていましたが、今は目覚めたあとシャワーを浴び、すっきりして仕事に行っています。自宅近くに金田先生の透析施設ができて、本当に運がよかったと思います」。

長時間透析は保険では五時間までしか補償されないので、病院経営としては厳しさもあると思います。それでも最近はやりたいという人が増え対応する医療機関も増えてきています。それにしても近所にそんな施設ができたなんて森沢さんは本当にラッキーでした。

（「そらまめ通信」二〇一〇年二月号取材より）

長時間血液透析を始めて八年目になった森沢さんは、薬は二種類だけ、食事制限もなく普通の人と同じ生活に満足しています。四時間透析のときは本当に辛く、これを長時間やるなんて考えられなかったそうですが、今では四時間に戻るなんて考えられないとか。一人でも多くの透析患者さんに長時間血液透析の良さを知って欲しいといっていました。

（二〇一六年八月記）

6　透析仲間を心の支えに、透析歴四二年

高崎豊彦さん

1943年生まれ
【病歴】1967年 23歳 慢性糸球体腎炎, 1968年 腹膜透析・血液透析併用, 1972年 血液透析

透析同期生が日本の最長透析歴を更新中

慢性糸球体腎炎を発病し「この夏で終わりです」といわれた高崎豊彦さんは当時二三歳、日本中にまだ透析機械が少なく、透析する人を選別していた時代に導入しています。「若かったから透析をしてもらえたんです。四二年間にわたって生き永らえることができた、そのことに感謝しています」。

高崎さんをはじめ一九六八年に透析を導入した日本の最長透析歴を更新中の方々のうち三人は相前後して虎の門病院で透析を始めた透析同期生でした。虎の門病院分院は日本の透析医療の草分け的存在で、全国腎臓病協議会（全腎協）や東京腎臓病協議会（東腎協）のもととなった患者会で、医師やスタッフの協力のもと、活発に活動していました。そのお

かげで現在の透析医療の礎ができたといっても過言ではありません。
腎臓サポート協会の事務局を訪ねてくださった高崎さんに、その頃の透析のことやご苦労、それを乗り越えられた秘訣も伺いました。

若かったから透析を受けることができた

一九六六年、トヨタ自動車の整備士をしていた高崎さんは、会社の検診でたんぱく尿を指摘され検査の結果、慢性糸球体腎炎と診断されました。四カ月入院して、一カ月の自宅療養を経て復職しましたが、整備士は肉体的にもきつい仕事だったので事務の仕事に変えてもらいました。ところが翌年、たんぱくが増えて再入院となり、家族には医師から「この夏で終わりです」と宣言されたそうです。その後たまたま兄弟の紹介で東京の虎の門病院に転院して透析を始めることができ、その夏どころか、現在に至るまで生き続けることができたのです。

高崎さんが透析を始めたのは透析に医療保険が使えるようになった翌年でしたが、それでも月に二〇万円くらいは必要で、当時のサラリーマンの平均月収が一〇万円くらいだったことを考えるとかなりの高額です。高崎さんは八人兄弟の末っ子、可愛い弟のために兄弟たちが援助してくれたので何とかなりましたが、親戚に頭を下げてまわるなど借金して透析費用を工面していた透析仲間もたくさんいたそうです。透析機械も足りなく、女性はダメ、年寄りはダメという選別の時代、働き盛りの高崎さんは若い男性だったので透析を受けることができたのでした。

辛く除去率も悪かった、四〇年前の透析

透析を始めた高崎さんは、四年間は血液透析と腹膜透析を週一回ずつ受けていましたが、今では考えられないような透析でそれは大変なものでした。血液透析は現在主流のホローファイバー型（中空糸型）はまだなく、コイル型（コルフ型）やキール型（積層型）というものでした。どちらも二人で同時に使う機械で、コイル型は約一メートル四方の水槽の中央にツインコイルを置いて、二時間おきに透析液の原料となる薬品を水槽に継ぎ足しながら透析をおこないます。透析液の温度を上げるときは屋外で使う照明ランプで液面を照らし、下げるときはアイスノンを水槽に入れるなどして、九時間の透析をやっていました。キール型は積層型ダイヤライザーで、縦にいくつも溝があり、その上にセロハン膜をはって二台つないで使用。透析時間は八～一〇時間でした。腹膜透析は連結管でつないだたくさんのビンをぶら下げ、ポンプで透析液をお腹の中に送り込み、時間がきたら排液を捨てるということを繰り返し、一昼夜かかることもあったそうです。

当時の透析について高崎さんは、「血液透析もキール型を使うときは、上流の人はつねに新しい透析液が流れてきますが、下流の人は上流の人が使用した液を使うので、今日は上流だろうか下流だろうかと一喜一憂したものです。腹膜透析が終わったあとはお腹が痛くなって麻痺が起きてしまうんです。それでお腹に少し液を残すようにしたら少し痛みが和らぎましたが、腹膜透析は透析効率が悪く、血液透析は水分除去率が悪くて五〇〇シーシーくらいしか水が抜けないんです。併用の四年間は一日塩分三グラム、それ以後も五グラムを守らざるを得ませんでした」とのことでした。透析を始めて数年後、ホローファイバー型が登場。透析時間も六時間と短くなって、透析も随分楽になったと感じたそうです。

就職に苦労、助けてくれたのは同じ透析仲間

高崎さんは就職にはとても苦労しました。透析を始める前にそれ以前入院していた病院の医師から「もう仕事にはつけないよ」といわれ、まだ二三歳でしたからとてもショックを受けました。「夏まで」だった命が延びはじめてからは、「これからはがんばるぞ」と日本電子専門学校に二年間通ったものの、透析していることがネックになり就職することはできませんでした。テレビ修理の学校にも通いましたが、やはりなかなか仕事にはつけず、友人の紹介でやっと家電の小売店に就職できました。一～二年そこで働いていましたが、

家電量販店があちこちにでき、勤めていた小売店が閉店に追い込まれてしまいました。それからはまた無職。就職先が見つからないで困っていると、居酒屋を経営していた透析仲間が「うちにくれば」と誘ってくれました。勤務時間は朝から夜遅くまででしたが、透析日は早退できるように配慮してくれて一一年ほど働きました。ところが店のあった一帯が地上げされたため、固定客もいなくなりついに閉店。またまた失職してしまいました。その後もハローワークに通い、身体障害者枠で応募したり、自分でもいろいろ探しましたが、結局、就職先は見つかりませんでした。

兄弟に援助してもらい、貯金を食い潰してなんとか生計を立てていた高崎さんを支えてくれたのは透析仲間でした。まだ全腎協も東腎協もない一九七〇年に虎の門病院で患者会が発足しました。当時の会長さんは自分を顧みず仲間たちのために何とかしようという情熱の持ち主で、高崎さんもいろいろなことを会長さんから学びました。全腎協や東腎協ができ、高崎さんもみんなと一緒に当時の厚生省に座り込みをして透析医療の改善を訴えたそうです。そのような活動が実り、一九七二年には透析費用が公費（国と都道府県）負担となり、自己負担ゼロになり、全国の透析患者がその恩恵に浴しました。高崎さんもその一人です。また、これを機に透析機械も飛躍的に増え透析患者数も大幅に増加しました。

現在最長透析歴更新中の高崎さんは、「仕事につけない」といわれたときはショックでしたが、それを乗り越えてからは、透析が厳しくても、うしろ向きな気持ちになったことはないといいます。「『なぜ自分だけが……』と考えても仕方がないし、前向きな姿勢を心がけてきました。くよくよしないことが大事だと思います」ともいっていました。

（「そらまめ通信」二〇一〇年八月号取材より）

虎の門病院で週三回四時間の透析を受けていた高崎さんは、最近、通院が楽なように病院の近くの高齢者住宅に引っ越しました。長年透析を受けているため骨がもろくなって、二〇一四年に腰の手術をしたものの、それから車椅子を使うようになってしまいました。今は車椅子から脱出して自分で歩けるようになるためリハビリを頑張っているということでした。

（二〇一六年八月記）

7　毎日三時間の在宅血液透析でエネルギッシュに東奔西走中！

古薗勉さん

1960年生まれ
近畿大学生物理工学部教授
【病歴】1987年26歳血液透析，1996年腹膜透析，2007年血液透析，2008年47歳在宅血液透析

腎臓病のため就職できずに選んだ研究者の道を極める

若い時から全ての腎不全の治療法を体験。大学教授として活躍している古薗勉さんにお目にかかったのは二〇一〇年の夏、日本透析医学会総会のとき、神戸ポートピアホテルの一室を借りてインタビューしたのが最初でした。

大学を卒業したときに、腎臓が悪くどこへも就職ができず大学院に進んだ古薗さんは、自分の病気を根本から勉強したいと透析技師になりました。二五歳で結婚し、二六歳で血液透析を導入しました。透析を受けながら大学院に通い、透析技師として働きながら新たにできた臨床工学技士の受験にも挑戦しました。その後、アメリカに留学するために腹膜透析を導入。腹膜が限界になって再び血液透析を導入。お話を伺った五〇歳になったばかりの古薗さんは在宅血液透析をしながら、近畿大学の教授として臨床工学技士を育てるべく尽力していました。血色も良く、透析をしている人とは思えないほど元気だったのが印象に残っています。

自分の病気を知るために透析技師に

そもそもの発症は中学二年の時、慢性腎炎の診断を受け、それからもたんぱく尿が出たり出なかったりを繰り返していましたが、特に食事制限はしていなかったということです。高校まではずっと野球少年で、大学に入って二〇歳の時にたんぱく尿が出て大学病院で精密検査をした結果、すでに腎不全になっていたといいます。下宿生活で自分なりに工夫しながら食事療法をしていたものの、病気は確実に進行していきました。

大学を卒業するにあたって公務員試験を受験。筆記試験は受かっても、健康診断で落とされ、民間の企業も数々受けました。しかし、全て健康診断でひっかかり、「そんな重い病気を持ちながらなぜ就職するのですか?」とまでいわれたそうです。体が悪くては、実家の農家を継ぐこともできず、さしたる目標もなく、大学院に進みました。

その頃『朝日新聞』(一九八四年四月五日付)に内部疾患療養所(湘南アフタケア協会)の理事長だった川崎満治先生の投稿が載っていて、「内部疾患者は社会に受け入れられなくて、非常に辛い思いをしている。官公庁や大企業はもっと門戸を開いてほしい」というものでした。自分の心情を代弁してくれたように思い、早速、川崎先生に手紙を書きました。あわよくば就職の世話でもしてくれないかなと思って。ところが先生から返ってきた手紙には「自分の足元からやってください」と書かれていました。期待はずれだったので、しばらくは机の上に放っていましたが、毎日その文面を眺めているうちに、自分にとっての足元とは何だろうと考えるようになり、それは腎臓ではないだろうか、呪わしい腎臓を知れば再起が図れるのではないかと思うようになったといいます。そんな時、主治医の先生から「透析技師をやらないか」と誘われ、大学院を中退して働くことにしました。東京女子医科大学に研修に行かせてもらい、透析技師としての実力を養うことができました。

血液透析九年目にして、米国留学のため腹膜透析に移行

二五歳のときに大学時代から付き合っていた奥様と結婚。その時の約束が「六〇歳まで生きてチャンと家族を養うこと」というものでした。結婚を機に奥様は地方公務員を辞めて家庭に入ったそうです。翌年、透析を導入しましたが、二人のお子さんにも恵まれ、国家資格の臨床工学技士の試験にもパスし、病院勤めを続けながら工学博士号も取得しました。

その後、海外留学のチャンスに恵まれたものの、向こうで血液透析をするとなると、月に五〇万〜六〇万円もかかるので一旦はあきらめかけましたが、腹膜透析なら可能ではないかと考え、いくつかの企業に依頼の手紙を送りました。すると、ある医薬品メーカーの社長さんから「腹膜透析の薬剤を配送してあげる」という嬉しい返事が届き、早速、血液透析から腹膜透析に移行することを決め、カテーテルを埋め込んでアメリカへ旅立ちました。血液透析をやっていると残腎機能がなくなって無尿になることが多く、無尿になってからでは腹膜透析に移行することはむずかしいのですが、古薗さんは血液透析九年目にして一日七〇〇から一〇〇〇シーシー位の尿が出ていたおかげで腹膜透析に移行することが可能だったのです。

シアトルにあるワシントン大学に留学してからは、まだ腹膜透析に慣れていないこともあって体調が思わしくなく、初めての研究発表で原稿を読むだけのつまらない発表をしてしまいました。生体材料の父と呼ばれていたアラン・ホフマン先生に、「つまらない発表だ。すぐ日本に帰れ」と叱られショックを受けていると、先生が帰りがけに「次を期待しているぞ」と耳元でささやいてくれたことで、留学を継続することができたそうです。同じ大学に腎臓専門医の斎藤明先生が客員教授として赴任しておられ、体のことも含め、なにくれとなく面倒をみてもらいました。

再び血液透析に、施設透析の辛さから在宅血液透析を選択し復活

アメリカではたとえ病気でも実力さえあれば評価してくれるので、アメリカに残らないかと誘われた時は、すっかりその気になっていました。が、その後、日本の国立研究機関から招請を受け、やはり自分は日本のために働く道を選ぼうと帰国しました。帰国後、国の研究機関をふたつ経て三九歳の時に厚生労働省の国立循環器病研究センター研究所の室長に就任しました。プロジェクトリーダーを任されたり海外で研究発表をしたりと、ハッピーな研究者としての生活を送ることができました。

しかし腹膜透析も一〇年を超え、四六歳で再び血液透析に戻りました。この時、無尿での血液透析の苦しさは想像を絶するものでした。その頃、腹膜透析の感染症をなくすための研究をおこなうベンチャー企業を設立したいと思いながら働いていたので、今までの研究成果を実らせるためにも何とか会社設立にこぎつけたら、鹿児島に帰ろうと心に決めていました。そのことを斎藤明先生に相談すると、「なぜ自分の手で自分を治療しようとしないのか。すぐ坂井瑠実先生の所へ行きなさい」といわれ坂井先生の手ほどきを受けて在宅血液透析を始めることになりました。最初は奥様にも手伝ってもらっていましたが、自分一人で透析をするための器具を作ったり、工夫をした結果、全て一人で一日三時間の透析ができるようになりました。頻回透析のおかげで体調は改善。血圧も正常に戻り、顔色

も良くなりました。食欲が出て、労働意欲がわき、物事を前向きに考えられるようになったということです。

「僕の研究者としての目標は自ら発明したものを社会に還元することでしたが、それは会社設立でほぼ果たすことができました。在宅血液透析によって再び命の炎が燃え始め、今度は臨床工学技士を育成する教育者として人生を歩んでみようと、近畿大学で教える道を選択しました」。

（「そらまめ通信」二〇一〇年一二月号取材より）

その後、五五歳のときに臓器移植ネットワークからの知らせで献腎移植の機会に恵まれました。保存期→血液透析→腹膜透析→血液透析→在宅血液透析と、腎不全治療の全てを体験している古薗さんに、五年前から患者の立場からの助言を得るため、腎臓サポート協会の理事に就任していただきました。その透析歴に移植まで加わりました。移植後、入院中に執筆された自伝の出版準備が進んでいるそうです。大学教授として臨床工学技士の育成だけでなく、その活躍の場はますます広がっています。

（二〇一六年五月記）

8 腎臓より先に心臓が悲鳴、運良く命拾いして

糸　修さん

1960年生まれ
自営業 東京腎臓病協議会事務局員
【病歴】2歳 たんぱく尿を指摘，16歳 腎生検でメサンギウム増殖性腎炎と診断。その後たんぱく＋2をキープ，2003年 43歳 大動脈解離，2006年 血液濾過透析

自分から頼んで透析導入

二〇〇六年に血液濾過透析を始めた糸修さんは三人のお子さんと四人暮らし、自営業で電子器機の組み立てなどの仕事をしているかたわら週三回、東京腎臓病協議会（東腎協）で働いています。二歳のときから腎臓が悪かったのですが、成人後は数値が安定していたので透析にはならないだろうと思っていました。それが腎臓がパンクする前に心臓がパンク、大動脈解離を起こしてしまい、運良く一命はとりとめたものの腎臓病が悪化し体調は最悪になりました。普通は透析を勧められても「死んでもしたくない」という患者さんが多いなか、糸さんの場合は逆で、自分から頼んで透析を導入してもらったといいます。透析を始めてからは想像以上に体が楽になりました。山手線大塚駅近くの東腎協の事務所で

お話を伺いました。

「たぶん透析にはならないだろう」といわれ小康をキープ

奄美大島の南、徳之島に生まれた糸さんは二歳のときに乳幼児健診でたんぱく尿を指摘されました。黄疸《おうだん》も出ていて半年ぐらい家の中で安静にするようにいわれましたが、好奇心旺盛の二歳の男の子を静かに寝かせておくのは、それは大変だったそうです。その後、小学校にあがってからも検診でたんぱく尿が出たり出なかったりはしていましたが、特に具合が悪くなることもなく中学卒業まで徳之島で成長しました。奄美大島の高校に進学してから下宿生活になり、離島から集まってきた血気盛んな学生たちは毎週のように下宿対抗と銘打って野球やバスケットボールの試合に興じ、ハードな毎日を過ごしていました。しかし高校生活が始まって間もなく一学期が終わる頃には体調を崩し、夏休みに帰省したときは目を開けることもできないほどでした。徳之島の病院を受診すると、「腎臓が悪いから、奄美大島に戻って検査するように」といわれ、検査の結果、尿たんぱくが＋3以上で三カ月入院、食事療法と薬を服用することになりました。高校二年の終わりに鹿児島の病院で腎生検を受けたところ、メサンギウム増殖性腎炎という診断でした。その病院には人工透析の施設があり、透析とはどんなものかをはじめて知りました。同年代だけでなく年下の子も透析しているのを見て驚きましたが、医師からは「たぶん透析にはならないだろう」といわれたそうです。

大学は鹿児島にある経済大学に進学しましたが、やりたいこととは違うと中退、東京に出て日本電子専門学校に入学しました。しかしアルバイトだけでは学費が払えずそこも辞め、データーレコーダーを扱う会社に就職し、一〇年ほど勤務したのちに独立、現在は電子機器の組み立てなどの仕事を請け負っています。

上京してからは鹿児島の先生に紹介してもらった病院に通っていましたが、担当医が転勤になり立川相互病院の小泉博史先生を紹介してもらいました。以来三〇年以上ずっと小泉先生にかかっています。塩分に気をつけるだけで食事療法はほとんどやらずに尿たんぱく＋2ぐらいをキープしていたので、このまま一生、透析することはなくいけるだろうと思っていました。

大動脈解離で緊急手術、一時的に透析を

二〇〇三年七月、仕事が忙しくいつものように病院に行くスケジュールが一〇日ほど遅れていました。仕事が一段落してから病院に行こうと思っていた矢先の出来事でした。車を運転中に突然胃から背中に突き抜ける痛みが走りました。本能的に「やばい」と思い車

を止め、車を出たところで気を失ってしまいましたが、ちょうどそこへ通りがかったトラックの運転手が声を掛けてくれて意識を取り戻しました。倒れて横になっていたのがよかったのでしょう、座ったままだったら、血液があがってこなくて意識が戻らなかったかもしれなかったとか。とにかく救急車を呼んでくれと頼みました。

診察カードを持っていたので立川相互病院に運ばれ、大動脈解離を起こしていることが判明。大動脈解離は心筋梗塞と同様に死に至ることもある病気で、すぐに手術が必要と心臓血管外科のある都立府中病院へ搬送されました。都立府中病院では心臓血管外科が一カ月前に開設されたばかり。もし開設されていなかったら遠い病院に搬送され、「間に合わなかっただろう」といわれたそうです。緊急手術がおこなわれ、一三時間におよぶ、輸血や五回の緊急透析を受け生命をとりとめ、その後三カ月入院しました。普通ならばここで透析導入になってもおかしくない状況でしたが、糸さんの場合はこのときの透析は一時的なものだったといいます。

透析で元気を取り戻し仕事も順調、あとはパートナーを探したい

その後、無事に退院できたとはいえ、一日おきに通院して点滴を受けなければならず、仕事をすることはできませんでした。やせ細って、このまま寝たきりになるのではないか

と思ったそうです。奥様は病院のヘルパーをして家計を支えてくれましたが、過労と心労のためついに離婚することになってしまいました。当時一六歳だった一番上のお嬢さんが、「私たちがお母さんのところに行ったら、お父さんはこのまま死んじゃいそう」といってくれ、一三歳の長男、一〇歳の二男、三人そろって糸さんのもとに残ってくれました。とても嬉しかったのですが体は思うようにならず、「なるようにしかならない」という感じだったそうです。その後体調も徐々に快復し、電子回路の回路図やビルの設計図の下書きなど、パソコンでできる仕事を始められるようになりました。このとき、若い頃に習得した技術が大いに役にたちました。

長いこと小康を保っていた腎臓病は大動脈解離が原因で一気に進行、二〇〇五年の暮れにはクレアチニン値が一二まで上がり、動悸がひどく、一〇メートル歩いたら休むという状態でした。透析すれば元気になることを知っていた糸さんは、先生に「そろそろ透析ですよね」といったところ、「君は体力があるから、もう少し頑張れ」といわれ、そのうちクレアチニン値は一三、一四、一五と上がり、「さすがにもうだめです」と、やっと透析を導入してもらいました。

最初は腹膜透析を希望したのですが、体が大きくてまかないきれないと、先生からは血液濾過透析（オンラインＨＤＦ）を勧められました。血液濾過透析は、血液透析に濾過を加えた治療法で、血液透析よりもきれいに毒素が抜けると聞き、すぐに始めることにしました。想像以上に体が楽になり、その後、仕事も順調で東腎協の手伝いもできるようになりました。あとは子供たちが成人したら、人生のパートナーを得られるといいなと思っているそうです。

（「そらまめ通信」二〇一一年一〇月号取材より）

週三回五時間の血液濾過透析を続けて糸さんは元気にお過ごしです。塩分には気をつけていますが、食事はそれほど気にしていないということでした。東腎協の仕事は辞めましたが、二〇一六年から腎臓サポート協会のホームページ関係の仕事を手伝って頂いています。お子さんたちもみな大きくなりましたが、パートナーについてはまだ巡り会っていないとのこと、これからの課題ですね。

（二〇一六年七月記）

9 透析をしていても、前へ前へと進まなくては

辺見加代子さん

1955年生まれ
ビーズ織り作家
【病歴】1996年 41歳 腹膜透析，2003年 施設での血液透析，2006年 51歳 在宅血液透析

どの透析がよいかといわれたら、腹膜透析を選びたい

インタビューに伺ったとき、辺見加代子さんは毎日三時間の在宅血液透析をしていて、頻回透析のおかげで体調もよく、自宅でビーズ織りとアンティーク・ドールの教室を開いていました。透析歴一六年で、「どの透析か選べといわれれば、腹膜透析に戻れればと思います。海外でもどこでも長期間の旅行ができ自由でしたから」といっていました。というのも、腹膜透析時代は人形の洋服の生地やレースを求め、「ロンドン、パリ、ミラノ、フィレンツェとノミの市を見て歩き、たくさんのアンティーク・ドールに出会った」というのですから、人形作りへの思いも並大抵のものではありません。人形のハンドバッグを作るためにベネチアン・グラスのビーズを求めてベネチアまで行ったそうです。

情熱的で行動力のある辺見さんは、「透析をしていても、前へ前へと進まなくては」という言葉がとても好きだといいます。この二〇年間その言葉のように生きたいと思ってきたと、その体験を話してくれました。

先天的に腎臓が悪く、四一歳で透析を導入

辺見さんは生まれつき左の腎臓が小さく、一七歳のときにたんぱく尿が見つかり、一八歳で腎結石、続いて膀胱に菌が見つかり年二回の検査入院を続けていましたが、成人したら膀胱の菌はなくなりました。二五歳で結婚しすぐに妊娠して女の子を出産したときは、尿毒症がひどくて大変な思いをしたそうです。

お嬢さんが小さい頃は体調も安定していたので、経験があった貿易会社の事務の仕事を派遣社員として再開し、アンティーク・ドールの作り方も習いはじめました。その間にも腎機能は徐々に低下、「透析をしたくない」と、少しでも遅らせようと我慢をしていたものの、三八歳ぐらいから不整脈で心臓が苦しくなり、血圧も高く貧血がひどくなって動けなくなった時のクレアチニン値は一二。四一歳で透析を導入することになりました。

シャントの手術に失敗し、腹膜透析を選択

透析になれば施設での血液透析しかないと思っていた辺見さんですが、血管が細くシャントの手術に二度も失敗し、腹膜透析ならシャントを作らずにできると聞き、大阪市立大学医学部付属病院に約一カ月入院して腹膜透析を始めました。退院後は一日四回、四～六時間おきに透析液を交換することで体調も良くなり、一〇カ月後にはお嬢さんと北海道にスキーに出掛けるまでになりました。長いときで二週間の海外旅行中は、腹膜透析の透析液を機内持ち込み荷物としてお嬢さんと二人で五〇キロも持っていきました。毎日三回、朝、昼、晩とホテルで透析液の交換をし、航空会社の許可をもらって飛行機のなかで液の交換をしたこともありました。

施設透析の経験はとても大切

腹膜透析を始めて六年目から、徐々に貧血がひどく輸血が必要になったり、階段が昇れないほど体が重くなり、腹膜への負担も大きくなっていたので、施設での血液透析に変えることになりました。この経験が在宅血液透析を始めるときに役にたちました。「透析中、自分がどんな状態になるのか、どんなときが危険なのか、その時看護師さんはどう対応してくれたのか、すごく勉強になりました。それを自分でできるようになればいいんです」

と、在宅血液透析を希望する人は施設透析を体験していたほうが良いと感じたそうです。

その後、大阪腎臓病患者協議会（大腎協）に入って病気について勉強している時に、在宅血液透析のことを知りました。自分の都合に合わせてできる透析、透析効率がよく貧血も改善する透析、そんな夢のような透析に変えたいと思った辺見さんは、在宅血液透析をしている病院へメールを送り相談すると、訓練のため患者と介助者がそろって二週間の入院が必要といわれました。ご主人は仕事も忙しいので言いだせずにいましたが、勇気をだして聞いてみると、「夏休みの休暇と年休を利用して、二週間ならなんとかなるだろう」といってくれ、二人で訓練をして念願の在宅血液透析を開始することができました。

自己穿刺の壁を克服して在宅血液透析で快適

自己穿刺はやはり大変でした。穿刺がやりやすいボタンホールで練習しているとき、いくら頑張ってもうまくいかず苦労したものの、徐々に慣れ、ストレスなく穿刺できるようになったそうです。

在宅血液透析は、出掛ける予定や体調に合わせて透析をすることができるので快適でした。どれくらいの時間、どれくらいの血流量で透析をするのが自分にはあっているのか、主治医と相談しながら透析条件を変えたりして、現在では毎日ほぼ三時間、午後七時から一〇時くらいまで透析をしています。友達と夕食に行ったりして透析をさぼることもありますが、そんな時は翌朝苦しくなって、早朝から透析をするそうです。それができるのが在宅血液透析の良いところです。

本当の意味で「透析が選べる時代」になることを願って

「透析を始めて約一七年。十代の頃は二〇歳まで生きられるのかと悩み、子供が生まれてからは六〇歳まで生きたいと望み、その六〇歳を目前にして、こんなに元気でいられるなんて思いもしませんでした」。

辺見さんは、在宅透析が腹膜透析や血液透析のようにもっと普及すればいいと、自分の体験を失敗談も交えてホームページで公開しています。そして本当の意味で「透析も選べる時代」になることを願っているそうです。

（「そらまめ通信」二〇一二年四月号取材より）

その後、辺見さんは長時間透析や頻回透析についても勉強し、現在は毎日四～五時間の透析をしています。薬は二種類に減り、食事制限もあまりなくなりました。元気にスポーツクラブにも通っていましたが、六〇歳を機にこれからどう生きていこうかと考え、コンピュータの資格を取り大阪府の障害者ＩＴステーションのサポーターとしてボランティアを始めました。そのほかにも透析関係の研究会やセミナーに参加したり、しっかり、、、透析、のおかげでさらに前へ前へと進んでいるようです。

（二〇一六年四月記）

10 透析をしていても目が見えなくても、健常者と変わらないよ！

エム　ナマエさん

1948年生まれ
全盲のイラストレーター，童話作家
【病歴】1986年糖尿病より緊急透析，完全失明

人生ダブルヘッダー、二度楽しんでいます

淡いパステルカラーの優しさあふれる絵を描く盲目のイラストレーターと聞いて、どんな方なのだろう？　と思いながらご自宅を訪問。迎えてくれたのは白いTシャツに緑のジャンパーといういかにもアーティストといったいでたちのエム　ナマエさんと黒のラブラドール、扉の後ろには猫も顔を見せ、この子たちはみなエム　ナマエさんの絵本に登場するキャラクターたち。奥様と動物たちと一緒に穏やかな日々を送っているエム　ナマエさん。以前は大変な売れっ子イラストレーターでした。それがある日突然、失明を宣告されたのです。一度は失意のどん底につき落とされましたが、「目が見えなくなっても自分のなかにある世界は何も変わらない、これからは言葉で表現するイラストレーターになろ

う」と、気持ちを切りかえ初の長編童話『ＵＦＯリンゴと宇宙ネコ』で第一八回児童文芸新人賞を受賞しました。並みの才能ではありません。そのうえ奥様が喜んでくれるので再び描き始めたイラストがブレークし、盲目のイラストレーターとして注目を集めるようになりました。「見えていたときと、見えなくなってからと、人生ダブルヘッダー、僕は得しているんですよ」と語るエム ナマエさん。葛藤の日々を乗りこえた人だからこその言葉です。

運命を受け入れるのに三年

イラストレーターになろうと思ったのは高校時代。やなせたかしさんの「漫画は絵で描くポエム」という言葉に触発され、慶應義塾大学でマンガクラブに在籍していた頃に個展を開き、イラストレーターとしてデビュー。たちまち売れっ子になり、大学を中退してイラストに専念。超多忙の日々、「よく遊んで、よく食べて、よく仕事をして、エネルギーばりばりな人間でした。二晩、三晩の徹夜は平気。酒を飲み、たばこを吸い、不健康なくらいのほうがアーティストはいい仕事ができると思っていました」。

ところが二〇代後半から目の調子がおかしい。眼科を受診すると季節性のアレルギーといわれ、「糖尿病はありませんか？」と質問されても、「なに、それ？」という感じで無視していました。ところが、三四歳のとき、ますます悪くなり違う病院を受診すると、「内臓からきているかもしれない」といわれ、初めて内科を受診したところ、糖尿病で即入院、同時にネフローゼ症候群で合併症も発症していました。そして入院二日目には失明を宣告されました。

現役の画家が失明を宣告された辛さはいかほどのものだったのでしょうか？　それから三年、「昨日まで見えていたあそこの高圧線が今日は見えない、昨日まで見えていたネオンサインが今日は見えないという日々が三年も続き、運命を受け入れざるを得なくなりました」。そして絵が描けないなら言葉のイラストレーターになろうと童話を書き始めました。

目が見えなくても、鑑賞に堪える絵が描ける

「目が見えなくなったら、僕はたぶん死ぬだろう」と、ほとんど病院にも行かず治療もしない日々が続きました。一九八六年二月に完全失明、同時に透析を導入。五二キロだった体重が九〇キロまで増えて、このままでは死ぬという一歩手前の緊急透析でした。透析で水がひけることで体が変わっていくとともに、精神的にもバランスを崩し不均衡症候群から「お前の人生の本番はこれからなんだという声が聞こえて」、周りの人たちは、それ

までのナマエさんとあまりにも変わってしまったため、ナマエは気が狂ったのではないかと一人離れ二人離れ、友人たちが去っていき、ひとりぼっちになってしまったといいます。

そんな時、透析病院で出逢って結婚した奥様に喜んでもらいたくて絵を描きました。目が見えなくとも、長年プロとしてやってきたことを、手や身体が覚えていたので何とか描けたそうです。その絵をたまたまマスコミの人が見て、新聞やテレビ等で紹介されたことがキッカケとなり、過去の知識と経験を総動員して、目が見えなくとも鑑賞に堪える絵を描くと心に決め、試行錯誤を繰り返した後、一九九〇年に開いた個展で全ての絵を完売。大成功を収めました。そして作家よりも絵のほうがメインになり、以来、盲目の絵本作家として活動しています。

透析歴二七年、愛妻と愛犬と愛猫と、幸せいっぱい

何でも徹底的にやらないと気が済まないエム ナマエさんは、自分の病気についても徹底的に勉強しました。コンピュータの音声読み上げ機能を使い、医師も驚くほどの知識を詰め込んだものの、生活習慣は一向に改めたわけではなく、透析を始めてからも二〇年近くは煙草も吸っていましたし、晩酌も欠かさなかったといいます。糖尿病からの透析導入は合併症も多く、彼も副甲状腺機能亢進症や、石灰化で血管はぼろぼろ。心臓にも問題が

発生。閉塞性動脈硬化症で歩けなくなってあわや両足切断の危機にも陥りました。何とか両下肢血行再建手術を受けることで切断を免れたものの、この時点でやっと禁煙に成功したそうです。

しっかり彼を支えておられる奥様は透析の看護師で臨床工学技士でもあります。結婚のいきさつは、透析導入時に余命五年といわれているにもかかわらず三年間もプロポーズを続け、やっと四年目にＯＫをもらったそうです。「家内は一年間ボランティア結婚したら、僕を満足させてあの世に送れると思ったんでしょうね。ところがトントンといろいろなことがうまくいって、どんどん元気になって、最近は『ねぇ、いつ死ぬの？』って、『私にも将来の計画とかいろいろあるのよ』っていうんです（笑）」。エム ナマエさんの一番の傑作は、この奥様をキャッチしたことですね。透析歴も二七年、愛妻と愛犬と愛猫と、幸せいっぱい、家内がいなければ僕は生きていませんからと話してくださいました。

（「そらまめ通信」二〇一二年八月号取材より）

週三回四時間の血液濾過透析を受け、お肉をたくさん食べるそうで貧血の薬も必要なく元気で過ごしています。合併症で右手のしびれがひどくなって、手術をし、年内には左手の手術もする予定とのこと。手術をすればすぐ回復して執筆と作画の仕事には問題ないと張り切っています。現在は月刊『ラジオ深夜便』のイラストを手がけるほか、テレビ番組や講演、トークショーに出演していますが、いつも「僕みたいな人間が元気に生きているってこと。糖尿病が見つからなくて不運にも失明してしまっても、それから先も道はあるし、生きる方法はあるし、幸せはある、誰だっていつだって幸せになれるんだ。今は人を喜ばせる絵も描けている。透析をしていても目が見えなくても健康な人となんら変わらない暮らしができるんだ」ということを講演などでは話しているそうです。

（二〇一六年六月記）

11 マッスルミュージカルの演出家は、透析しながら飛びはねていた

中村龍史さん

1951年生まれ
演出家
【病歴】1997年 遺伝性の多発性嚢胞腎がもとで腹膜透析，2010年 血液透析

透析一五年で、役者と一緒に跳びはねる毎日

マッスルミュージカルなどで著名な演出家の中村龍史さんが透析を始めたと聞いて、インタビューを申し込みましたが、何度も断られ何年待ったことでしょう。出演者やスタッフ、観客に余計な心配をさせたくないと、透析をしていることは伏せていたのでした。還暦を迎えたのを機に『満身ソウイ工夫』を出版して透析をしていることを公表し、インタビューを受けてくださることになりました。腹膜透析一二年を経て血液透析は三年目でしたが、以前と変わらず若い役者さんたちと一緒に踊り、跳びはねる日々を続けていました。稽古場にお訪ねしたときもダンスを披露、透析をしながらどうしたらこんな運動量をこなすことができるのだろうと、びっくりしました。

場所も時間も不規則な仕事に合わせて夜間の腹膜透析を選択

中村さんは遺伝性の多発性嚢胞腎で、お父さんも透析、お母さんも同じ病気、お姉さんも、叔父さん二人、叔母さん一人も透析をしていたという透析一家です。二〇代でクレアチニン値が一・七と上がってきて、将来透析になることを覚悟したそうです。

一九九七年、透析を始めるそのときがきてしまいました。施設での血液透析は往復の時間を入れると六時間くらいかかり、これでは仕事になりません。腹膜透析なら透析効率は低くても毎日ゆっくりと時間をかけてできるので、体にとっては良いと考えました。舞台演出という、場所も時間も不規則な日々でも大丈夫なように、自宅でできる腹膜透析にしました。夜寝ている間に自動的に透析液の交換をしてくれる方法が出たと聞いて、迷わず選択しましたが、始まったばかりだったこともあり機械のトラブルにはしょっちゅう悩まされたそうです。

半年くらいは腹膜透析を毎晩七～八時間やっていましたが、どこまで体を動かしていいのか臨床例も少なくてわからず、主治医と相談して、できるだけ楽に仕事ができるように透析時間を一三時間に延ばしました。透析をしながら、松任谷由実をはじめ多くの歌手のコンサートや国体の演出、演劇やミュージカルの演出など、矢継ぎ早に仕事をこなしていました。

ハードな毎日を創意工夫で乗りきる

脚本家でもある奥様の留美子さんは、四〇年間二人三脚で仕事を共にするだけでなく、中村さんの食事を全て作っています。「低たんぱくで塩分控えめ、激しく体を動かしても大丈夫なようにカロリーは高めにと、保存期の頃からやっているので慣れました。気をつけたのはバランスです。リンやカリウムは栄養素としては大事なものですから、少しは摂れるように工夫しました」と。囲りの仕事仲間にも全く病気に気付かれずに、中村さんが仕事を続けることができたのは、ただただ留美子さんのお陰です。

マッスルミュージカルの演出をしていたときは六年間で三〇公演の構成・振り付け、演出をし、年間三〇〇回の舞台をこなしていました。日本人初のラスベガス公演も成功させ多忙な日々を送れたのは、無理をしてでも腹膜透析を毎日一三時間するようにしていたお陰かもしれません。長期公演には腹膜透析の機械を持参、まとめて時間がとれないときは、打合せやレストランでの食事の途中でホテルの部屋に戻って透析液の交換をしたりもしました。一カ月にもおよぶ海外公演のときは透析液だけでもすごい量の荷物になり、なにも知らないスタッフたちは、お米とか食料品をたくさん持って行っていると思っていたようです。海外ではメーカーが用意してくれた機械の部品のサイズが合わないとか、さまざまなトラブルがありましたが、そのたびにいろいろと工夫して何とか続けることができました。

世界に通用するエンターテイナーを育てたい

腹膜透析をしているあいだに仕事でも大きな転機が訪れました。六年間創り続けてきたマッスルミュージカルを突然、退任することになり、育ててきたメンバーが二〇人以上も中村さんを慕ってついてきたのです。「給料はあげられない。アルバイトをしてでも頑張れるというなら、一緒にやろう」と、新たな劇団「中村ジャパンドラマティックカンパニー」を設立、体を動かすだけではなくて、きちんと演技ができる役者に育てたいと、全員に楽器をやらせるなど厳しい稽古の日々です。自ら先頭に立って踊りながら振り付けをし、激しく動いていました。「一流のエンターテイナーを育て、日本独自のオリジナリティあふれたショーを世界に発信するのが夢なんです。芝居ができ、歌えて、楽器もでき、動きまわれて、そんな役者に育てるには一〇年はかかるだろうけど、この五年でずいぶんできるようになりました」と熱く語る中村さんです。

透析していることのメリットは？

腹膜透析は五～六年で腹膜の機能が低下して続けられなくなることもありますが、中村さんはしっかり体を動かしながら一二年間腹膜透析を続けました。二〇〇九年、排液が少なくなってきたため三カ月ほど腹膜透析と血液透析を併用し、ついに施設の血液透析に変えざるを得なくなりました。当初は楽になりましたが、だんだん血圧が下がってきて、運動をした後には最高血圧が七〇まで下がって動けなくなったり、安定するまで一年もかかったそうです。

血液透析中の時間も無駄にはしません。「この四時間は脚本を書いたり、映画を観たりしています。透析はデメリットばかりじゃないと思うんです。じゃあ、『メリットって何ですか?』って聞かれたら、『普通の人と同じように生活ができます』ということと『四~五時間、個人的な時間が持てます』ってこと、これって貴重なことだと思いますよ」。

「障害(生涯)現役」を目指し、まだまだ頑張ります

血液透析に変えて二年、還暦を迎えた中村さんは透析一五年の経験から、満身創痍でも、創意工夫で心身ともに乗り越えられると、『満身ソウイ工夫』を出版し、透析を受けていることを公表。周囲の人はみなびっくりしました。ページを開くと腹膜透析のカテーテルをつけている自分のことを「チューブマン」と呼び、歯切れの良いコミカルな文章が笑いをさそいます。闘病生活と仕事を両立するときに起こったエピソードを面白おかしく、舞

台と同様に「笑い」と「明日への活力の素」がちりばめられていて、思わずふき出したり、しんみりしたりしながら読める本です。「やっぱり透析している人に読んでもらいたいし、悩んだり落ち込んだりしている人にも読んでもらいたいですね。そして僕自身は『障害（生涯）現役』を目指していきます」という中村さん。もっと精力的に仕事をするために、もっと良い透析をやりたいと、在宅血液透析を検討しているそうです。

（「そらまめ通信」二〇一二年一二月号取材より）

その後の中村さんは、二〇一三年の二月から念願の在宅血液透析を始めました。透析時間はいろいろと試した結果、現在は週五回、原則として一回三時間半で火曜と金曜はお休み。体の調子も検査値も良くなり、仕事の都合に合わせてローテーションをずらしても問題はありません。奥様の留美子さんは「保存期、腹膜透析、施設での血液透析としてきて、食事の支度は今が一番楽ですね。ほとんど普通の食事です。低リンになってしまうので、たんぱく質を多く摂るようにいわれ、最近はお肉をよく食べるようになりました。在宅透析を始めた当初は、ものすごく大変なことを始めちゃったと案じていましたが、今は食事のことだけでも在宅血液透析にして本当に良かった」とのことです。

（二〇一六年五月記）

12 透析歴二五年で、悪いとこなし。人生楽しんでいます

大久保ハル江さん

1949年生まれ
主婦
【病歴】1969年20歳 糸球体腎炎（自然治癒），その後健康診断でたんぱく尿，1988年39歳 血液透析

計量しない自己管理で規定値を保つ

担当医の先生から、「二五年間透析をしているのにこんなに元気、透析の優等生です」と推薦いただいた大久保ハル江さん。細かく自己管理をしているはずと思いながらご自宅に伺いました。迎えてくださったのは小柄な大久保さんと、ご主人、一目でとても仲の良いご夫婦なのがわかりました。「自己管理をかなりきちんとやっているんですよ」というご主人。でもご本人はなんと計量したことがないと……。それでリンもカリウムも塩分も、そして水分も数値をオーバーしたことがないというのですから驚きです。いったいどのような自己管理をしているのでしょうか？

屋上から飛び降りちゃおうかと思いました

大久保さんが最初に腎臓が悪いといわれたのは二〇歳のときでしたが、そのときは治療もせずに自然に治ったと思っていました。二二歳で結婚、ご主人のご両親、弟さん二人という大家族の一切をまかされる主婦となりました。今振り返ると、「嫁に来たからにはきちんと勤めなくては」と無理をしていたのかもしれないそうですが、翌年お嬢さんを出産した時も腎臓に異常はなく、病気のことは忘れて、子育てに家事にと忙しい毎日を過ごしていました。

お嬢さんが六つになるかならない時でした。健康診断で尿たんぱくを指摘されましたが、その頃はまだ慢性腎臓病（CKD）の概念が普及していなかったため、食事療法もせずに経過観察のため定期的に通院するだけでした。それが一九八八年、三九歳の時検査値が急激に悪化、クレアチニン値が八を超え透析導入となってしまいました。

「自覚症状がまったくなかったので急に透析といわれショックで、病院の屋上から飛び降りちゃおうかと思いました。だけどここで落ちたら下の人にも迷惑かけるし、病院にも迷惑かけるな、娘も高校一年生になったばっかりだし、ちょっとまだ早いかなと思い止まったんです」。

ご主人もいよいよかと思ったそうです。「当時は透析を導入したら早くて五年、長くても一〇年くらいだったんですよ。娘にも話して、実家にも連絡しました」。それが二五年を経てどことといって悪いところがないというのですから、驚きです。

二五年間で八回のシャント手術

それでも二五年の間にはいくつかの大変な出来事がありました。まずはシャント。最初のシャント手術は三回失敗し四回目にやっと成功。このシャントは一七年保ちましたが痛んできたので作り直すことになりました。しかし、また三回失敗。ついに人工血管を移植してやっと何とかシャントが作れました。二五年間で八回のシャント手術、毎回立ち会ってきたご主人は、「付き添っている私のほうがドキドキしてました」と当時を振り返ります。

もうひとつのトラブルは、白血球の数が五〇〇と異常に下がったことがありました。白血球が減ると免疫力が低下し菌やウイルスに対する抵抗力が落ちてしまいます。五〇〇というとまったく無防備な状態で、ご主人は担当医から「体のなかの病原菌が暴れ出したら対処しきれない可能性がある。覚悟しておくように」といわれました。原因はわかりませんでしたが、いつもと違うことといえば、その少し前に不整脈の薬を飲み始めたことぐらい。薬を中止すると白血球も規定値に戻り、不整脈もいつの間にか治ってしまったそうです。

計量しなくても、食べる量は普通の人の半分

そのほかは大きなトラブルがなかった大久保さん、どんな食事をして基準値を保っているのでしょうか。腎臓病の食事管理は細かく計量するようにいわれるのですが、なんと計量したことがないそうです。ご主人と同じものを食べていますが、量は半分と少なく、カリウムは調理する前に野菜を切って水にさらしています。バター、チーズ、牛乳などの乳製品は食べずにリンの管理をしています。塩分については、高血圧もなく気にしていないそうですが、汁物には注意しています。ご主人はカリウム不足を補うために果物をたくさん食べていますが、そのときミカンなら一房、リンゴなら一切れをご相伴するそうです。

どれだけ飲むかは、体重計に相談

大久保さんが一番気をつけているのは水分です。毎回、決められたウェイト以上になったことはありませんが、これも飲む量を決めているわけではありません。頼りにしているのは体重計です。一日に三回、昼、夕方、寝る前に体重計に乗って、この時間にこれだけ増えていたら、あとはもう飲むのをやめよう、この時間にここまでだったらもう少し飲め

ると、いつも体重計と相談しています。透析に行く前にも体重計に乗り、規定値まで増えていない時はその分水を飲んでから出掛けます。だからいつもストイックなまでに規定値ぴったりと、最後に飲む一杯のご褒美を楽しみに管理しているのだとか。

「最近では機械も水も良くなったので、少し体重が増えても、カリウムやリンが増えても、一週間で調整すればいいという考えがありますが、私が透析を始めた頃は毎回きちんと除去しないといけませんでした。合併症が少なく長生きしている人は皆きちんと自己管理をしている人で、いい加減にやって長生きしている人は一人もいません」と、食材の計量はしていないとはいっても、大久保流自己管理は徹底しています。実はどのように自己管理をすればよいのか最初は何もわかりませんでしたが、透析の先輩たちが「きちんと自己管理さえすれば元気でいられるから」といろいろ教えてくれました。大久保さんも長年の間に身につけた知恵を新しく透析に入った人に伝えるようにしているとのことでした。

きちんと自己管理して元気だから家族と楽しめます

大久保さんのご親戚はとても仲が良く、透析を受けることになったときはご主人のお兄さんと二世帯住宅を建て、ご両親の介護はお兄さん夫婦が担当してくれました。今の大久保さんの一番の楽しみは、ご親戚や友達と一緒の旅行。金曜日の透析が終わってから二泊三日で近場の温泉から遠くは北海道、沖縄まで年に四～五回は行っているそうです。旅先では食事も楽しみで、出されたものを少しずつ選んで食べるそうですが、それでも体重が増えすぎることはありません。

ご主人も定年退職後は家事を分担してくれるようになりとても楽になりました。毎日、一緒に散歩に行き、時々は外食するお二人。「私が具合が悪いからオレはどこへも行けない、何もできなかったなんていわれたくないから」という大久保さん。「助かってますよ、これが調子悪くて、寝たり起きたりだったら、私も遊びに行けなくなっちゃう」とご主人。大久保さんの自己管理の一番のご褒美はやさしいご主人の笑顔かもしれません。それにしても仲の良いご夫婦、ご一緒しているだけで、ほのぼのした気持ちになりました。

（「そらまめ通信」二〇一三年四月号取材より）

取材をしてから一年ほど経った頃、大久保さんは乳がんになりましたが、初期の段階で見つかったので手術だけで放射線治療は受けずにすみました。その後もホルモン治療のための薬を一錠飲むだけで、ほかに具合が悪いところはないそうです。毎日、「体重計に相談」しながら透析はまったく問題なく、ご家族や友達との旅行を楽しんでいます。

（二〇一六年六月記）

13 透析でも生野菜が食べたいと低カリウム野菜を開発！

小川敦史さん

1972年生まれ
秋田県立大学准教授
【病歴】2004年 腎臓が悪いことが発覚，2005年 血液透析導入

カリウムが入ってない野菜がないなら、作ってみよう

最近、デパートなどで低カリウムのほうれん草やレタスを見かけるようになりましたが、この低カリウム野菜を開発したのは秋田県立大学の准教授（取材当時）の小川敦史さんです。小川さん自身も透析八年目で、腎臓が悪いとわかるまでは腎臓病患者が食事療法をしなくてはならないこと、特にカリウムを制限しなくてはならないことは知りませんでした。小川さんの専門は作物生理学ですが、食事療法をするようになって自分の研究を応用すればカリウムの少ない野菜ができるのではないかと思いつきました。

「カリウムを摂ってはいけないといわれていろいろと調べたら、カリウムが入っていない野菜なんてないことがわかりました。じゃ、自分で作ってやろうと研究を始めました」。

小川さんの研究室をお訪ねし、低カリウム野菜誕生のお話を聞きました。

尿たんぱくイコール腎臓が悪いとは知らなかった

一九九〇年に秋田県立大学に赴任した小川さんは、二〇〇三年に結婚、腎臓が悪いことがわかったのはその一年後のことでした。体調が悪い日が続き頭痛が治まらなかったため脳ドックを受診したところ、脳には異常が見つかりませんでしたが、クレアチニン値が四でかなり進行した腎臓病であることがわかり、いずれ透析になると告げられました。原因はわからず、思い当たることといえば一年ほど前の健康診断で尿たんぱくが＋だったことぐらいでした。

「そのとき病院に行っていれば良かったんですけどね、尿たんぱくと腎臓病のつながりが自分の中になくて、ただ疲れているから尿たんぱくが出るんだというイメージしかなかったんです。『尿たんぱくが出たら腎臓が悪い』ということがもっと一般的に知られていれば私もわかったんでしょうがね」。

末期腎不全といわれてもよくわからず、透析がどのような治療なのかも知りませんでしたが、すぐに病気について勉強し、もうどうしようもないということを理解しました。少しでも進行を遅らせるために食事療法を始め、食べ物を消化したときに出る毒素を除去するためにクレメジンも飲んでいましたが、病気の進行は速く、一年半で透析を導入することになります。緊急透析でした。

「クレアチニン値が七・六くらいだったかと思います。急にしんどくなって病院に行ったらすぐ入院で、最初は首の静脈にカテーテルを入れて透析をしました。それからシャント手術をしてシャントが使えるようになるまで一カ月くらい入院しました」。

葉物野菜ではおおむね低カリウム化に成功

週三回の透析を受けることになりましたが、病院が大学からも自宅からも近く、午後七時からの夜間透析に対応してくれていたので、仕事には支障はありませんでした。小川さんの専門は作物生理学で、冷害に強い米を作る研究をしていますが、大学に通い、透析に通い、たんぱく質や塩分を制限し、野菜を茹でこぼす日々のなかで、研究で使っている水耕栽培の技術を使えば野菜のカリウムを減らすことができるのではないかと思いつきました。

「水耕栽培は液を調整しやすいのでカリウムを入れないで育てればいいのではないかと考えました。自分で食べてみたいと思ったので、学生に卒業研究で取り組んでみないか勧めてみたんです」。

最初は水耕栽培がやりやすい野菜のなかでもカリウムが高いほうれん草から始めることにしました。カリウムは植物の生育に絶対必要な栄養素で足りないと枯れてしまいます。実験では普通にカリウム肥料を与えたもの、カリウムを少なくしたもの、途中からカリウムを与えないようにしたものと条件を変えて栽培したところ、栽培五週目まではカリウムを減らしても生育に違いが見られず、含有するカリウムを四分の一にまで減らすことができました。五週目になると充分な大きさに育っているので、この状態で収穫すれば出荷することも可能です。この方法で他の野菜でも試したところ、葉物野菜ではレタス、サンチュ、小松菜、ルッコラでも同様な結果が得られ、実もの野菜ではトマトで成功しました。根菜ではジャガイモを試みました。しかし、水耕栽培では無理なので土でやったのですが、カリウムは減らずに小さなジャガイモしかできませんでした。ほうれん草を土でも試してみましたが、土の中に含まれるカリウムを吸収してしまってうまくいきませんでした。

低カリウム野菜の味は、普通の野菜に比べると塩分や糖分が少し高く、えぐみが少ないので、生で食べると一〇人のうち八人がおいしいと言うそうです。「カリウムとナトリウムの摂取制限量を比べるとナトリウムの方がゆるやかなので、ナトリウムには目をつぶることにしました。ナトリウムは他のもので制限することができますから、何よりも生で食べられることで、水にさらしたり茹でこぼすと減ってしまうビタミンが摂れるメリットが大きい」と小川さん。ナトリウムの代わりにマグネシウムとカルシウムを使う研究も進んでいますが、まだ実用化には至っていないようです。

腎臓病になったこともマイナスばかりじゃない

大学の研究者は研究結果を直接商品にすることはできませんが、小川さんはほうれん草と葉物野菜二種類の特許を取って、一般に利用の門戸を開いたことで、全国から二〇〜三〇の問い合わせがありました。各企業では小川さんの特許をベースに研究開発を続け、カリウムを八分の一まで減らし、さらに量産化に成功する企業も出てきました。

低カリウム野菜が販売に至った背景には社会的な要因もありました。リーマンショックで低迷していた半導体メーカーが空いた工場の利用方法を模索していた二〇〇八年頃、経済産業省が植物工場を後押しするようになったことで各企業が興味を持ち、さらに東日本大震災後は福島に植物工場を作ると補助金も出るようになって一気に広まったのです。

低カリウム野菜の成功は腎臓病患者には嬉しいニュースですが、透析患者と保存期患者を合わせて一〇〇万人では人口の約一パーセント。スーパーに並べる普通の野菜としては需要が足りません。ところが健康志向で高機能の野菜が求められるようになり、カリウムが少ない付加価値は注目され、工場で生産する野菜としては最適だったといえます。

二〇一二年に女の子が誕生しパパになった小川さん、研究者としても脂が乗って、今後は専門の植物の根の研究と合わせてビタミンや鉄分、ミネラルが豊富な高機能野菜の研究を続けていきたいといっています。「カリウムがきっかけでこういう研究も始めたのですから、腎臓病になったこともあながちマイナスだけじゃないと思うんです」。必要は発明の母とはよくいったものです。

（「そらまめ通信」二〇一三年一二月号取材より）

二〇一六年に教授に就任したという小川さんは、週三回四時間の夜間透析を続け体調も変わりなく過ごしています。低カリウム野菜については、これまでは大学の研究者と栽培者を中心に活動していましたが、医療関係者や患者とそのご家族などと情報共有をすることを目的に「全国低カリウム野菜研究会」を立ち上げて、毎年シンポジウムも開くようになりました。お嬢さんも三歳になり、毎日一緒に遊んでいるとのことでした。

（二〇一六年八月記）

14 患者・ドクター・ナース・技士がチームで在宅血液透析に挑戦

田口明さん

1948年生まれ
会社員
【病歴】1984年 IgA 腎症と診断，2006年 58歳 腹膜透析，2008年 腹膜透析・血液透析併用，2012年 在宅血液透析

在宅血液透析普及を、患者同士の支え合いピアサポートで

在宅血液透析を始めて二年目という田口明さんにお会いしたときは、小柄ながらがっしりした体格にキビキビとした軽快な動き、透析患者さんというよりも、元気なスポーツマンという印象でした。田口さんは、腹膜透析と血液透析を併用しているときに在宅血液透析の講演会に参加して、ぜひやってみたいと思い担当医に相談しました。通院していた聖マリアンナ医科大学病院ではまだ在宅血液透析はやっていませんでしたが、田口さんの相談を受けて、医師をはじめ透析スタッフが在宅血液透析の訓練を始めることになりました。第一号の在宅血液透析患者となった田口さん、今では新しく在宅血液透析を希望する患者さんと面談をしたり、自宅で透析をしているところを見学してもらったりすることで在宅

血液透析の普及にひと役買っています。このように同じ患者同士による支え合いをピアサポートといいますが、この新しい試みについて田口さんは二〇一二年の在宅血液透析研究会でも発表しました。

奥様の食事で保存期を二二年キープ

スポーツマンだった田口さんは就職してからも会社の野球部でハードな練習に明け暮れていましたが、三五歳のときに健康診断で尿たんぱくを指摘されました。運動をしていると尿たんぱくが出ることもあると聞いていたので、特に気にもせずに放っておいたのですが、次の年の検診でも尿たんぱくが出ていたため、自宅近くの聖マリアンナ医科大学病院に一週間入院して腎生検を受けました。診断はＩｇＡ（アイジーエー）腎症、治らない病気で将来は透析になると告げられました。透析についてはは実感が湧かなかったものの、運動をしてはいけないといわれ、スポーツが大好きな田口さんはショックを受けました。

その頃は奥様のご両親とお子さん二人の六人家族。奥様が田口さんにたんぱく質四〇グラム、塩分六グラムの食事を用意。一週間分の食事を書きだし一緒に栄養相談を受けたり低たんぱく米や調整食品を利用するなど、家族と別の食事を作るのはそれは大変だったそうです。昼食もきちんと計算したお弁当を持たせてくれたので食事療法を続けることができ、そのお陰で保存期を二二年もキープすることができました。

腹膜透析で透析を開始し、その後、血液透析併用へ

二〇〇六年、五八歳のときにいよいよ透析を導入しなければならなくなりました。血液透析か腹膜透析か、詳しい説明を受けましたがよく理解できず、どちらにするかよりも「透析をしなければならない」ということが衝撃で「やりたくない」と心底思ったそうです。一カ月くらい迷っていた外来で、木村健二郎先生から「あなただったら腹膜透析ができますよ。勤めも続けられるし、自分の時間もとれるし」といわれ、なかでも夜寝ている時間に機械が自動的に透析液の交換をする方法（ＡＰＤ）なら仕事に差し支えないと聞き、「これはいい」と夜間の腹膜透析に決めました。特に自覚症状はなかったのですが、透析を始めてみると体調が良くなり、周りの人からも「顔色が良くなった」といわれるようになりました。

二年もすると夜間の腹膜透析だけでは毒素が抜けきらなくなり、日中に一回透析液の交換を追加することにしました。幸運にも会社の理解があり空いている部屋を使わせてもらい、昼休みや仕事が終わってから透析液の交換をおこないました。しかしこれも半年しか続かず、一週間に一度、土曜日に血液透析を併用するようになりました。

在宅血液透析に反対だった奥様も協力

腹膜透析と血液透析を併用するようになって、田口さんはこれからどうしようか考えるようになりました。そんなとき在宅血液透析の講演を聞く機会があり、これはぜひやってみたいと担当医に相談しました。聖マリアンナ医科大学病院では在宅血液透析は当時やっていませんでしたが、田口さんがそういうならやってみようと検討が始まりました。同じ神奈川県で在宅血液透析をやっているのは、東海大学医学部付属病院と県立汐見台病院（田口さんが導入を希望した当時）の二カ所で、医師をはじめ透析スタッフ全員が汐見台病院に行き、田口さんは二週間入院して在宅血液透析のトレーニングを受けました。

最初は様子を見てから検討しようと考えていたのですが、汐見台病院の先生から「本当にやる気ありますか？」と聞かれ、田口さんは「はい、やります」と即決。聖マリアンナ医科大学病院の先生が「そんなに早く決めていいんですか、ご家族は大丈夫ですか？」というのに「家族も理解しています」と答えたそうです。しかし実際はまだ奥様には話していませんでした。帰宅して伝えると、「病院に行って腕を出しておけば済むものを、どうしてそんな大変なことをしなければならないの？」と奥様は大反対です。介助者になってくれる奥様の協力がなければ在宅血液透析はできません。何度も説得してしぶしぶ賛同してくれた奥様ですが、今では田口さんの体調が良くなり、食事療法もほとんどしなくてよくなったので、「協力して良かった」といってくれるようになりました。

一人でも多くの人が在宅血液透析ができるように

在宅血液透析を始めて二年、六六歳になった田口さんは仕事は続けていますが、出勤は隔日の午後だけになりました。自宅で透析する時間帯は、病院の透析時間内なら何かあっても対応できるのでいつでもよいといわれ、仕事に合わせて毎朝七時半から、会社に出る日は二時間、休みの日は三時間の透析をしています。体調も良くなり、薬も二種類に減りました。最近はすっかり慣れたので腎臓内科の医師が、「夜勤の日なら夜の時間に透析してもいいよ」といってくれ、夜間に透析することもできるようになりました。病院から許可がもらえれば、将来はオーバーナイト透析にしたいと考えています。

在宅透析と併用して、田口さんは定期的に病院でも透析を受けていますが、病院から頼まれれば透析をしているところを見学してもらったり、体験談を話したりするようになりました。聖マリアンナ医科大学病院では二人目三人目の在宅血液透析希望の患者さんのトレーニングも始まり、新しい試みとして希望者には田口さんの自宅に来てもらい、実際に在宅で透析をする様子や設備を見てもらったりしています。

「先生からいろいろと説明を受けたり資料を読んでもなかなか実感がわかないんですが、

患者同士だとざっくばらんに話せるし、実際に家でやっているところを見ると、安心できるみたいです」と、一人でも多くの人が自宅で透析ができるように、協力を惜しまないそうです。

（「そらまめ通信」二〇一四年八月号取材より）

在宅血液透析を始めて五年が経った田口さん（六八歳）は、取材当時と同じ毎日午前中に透析をして元気でお仕事にも行っています。聖マリアンナ医科大学病院で在宅血液透析を受けている患者さんは三人に増え、さらにトレーニングを受けている人もいるそうです。田口さんはピアサポートについて年に一回の在宅血液透析研究会で二回も発表をおこないました。少し血圧が高いので塩分には気をつけていますが、ほかには調子が悪いところは何もないそうです。

（二〇一六年八月記）

15

透析を受けていてもきちんと社会生活を送りたい

森本幸子さん

1962年生まれ
元総合病院勤務 事務職
【病歴】1974年12歳でアルポート症候群から血液透析

小さい体にみなぎるエネルギー

二〇一五年一一月、東京の京橋で開かれた森本幸子さんの透析四〇周年を祝う会にお邪魔してお話を伺いました。北海道から九州まで、透析患者さんや障害を持つ人とその家族、ドクターや臨床工学技士などの透析スタッフまで、なんと四〇名もの方がつどいました。集まったのは森本さんが以前にやっていたブログ「さっちゃんの元気予報」のメンバーたちで、口を揃えて「さっちゃんから元気をもらいました」といっておられました。

森本さんはみなさんのお祝いを受け、お礼の言葉とともに透析患者を取り巻く厳しい現状と、生かされていることへの感謝を忘れてはならないと心構えを述べました。その毅然とした態度に、小柄な森本さんのどこにこれだけのパワーとエネルギーがあるのかしらと感じました。

透析を受けながら洗面器を抱えて勉強しました

森本さんが透析を始めたのは一九七四年の八月、小学六年生の夏休みでした。後になってわかったことですが、母方の家系にアルポート症候群という進行性腎炎の遺伝がありこれを受け継いだようでした。まだ子供だったので、将来透析から離脱できるようにと腹膜透析の前身である腹膜環流を始めましたが、二週間で腹膜炎を起こし、血液透析へ移行することになりました。小児用のダイアライザーもない時代で、大人用のダイアライザーを手作りで子供用に作りかえて使い、しかも透析時間は毎回八時間、ずっと吐きっぱなしで洗面器を抱えていなければならず、透析はとても辛いものでした。

小学生の森本さんは何回か透析をしたら帰れると思っていたので、「早く帰って夏休みの宿題をかたづけないと」と考えていましたが、お父さんから太田和夫先生の『これが透析だ』という本を渡され、「自分の病気を勉強しなさい」といわれました。それを読んで「あぁ、自分には成人式が来ないいんだ」と気づいたそうです。中学生の頃は透析を受けるために一日おきに学校を休まなければなりませんでしたが、病院の先生が勉強はしなければいけないと勉強道具を置いていってくれたので、洗面器を抱えながら勉強していたそうです。その後、透析医療が進歩して森本さんもいろいろと勉強するようになって、この頃の透析では現在では考えられないような試行錯誤がたくさんおこなわれていたことがわかったといいます。

透析しながら自立し、アクティブに行動

通信制の高校を卒業し就職してコンピュータをやり始め、その面白さにはまって猛勉強、それが後日ブログを始めるときに役に立ちました。自立したいという気持ちが強かったので簿記一級の資格を取得して税理士事務所に転職し、念願の一人暮らしも始めました。この頃はいろいろなことにチャレンジし、なかでも「車の運転は大好き」でした。ある時期から透析関連の講演会などに呼ばれ話をしに行く時は、必ず車で出掛け、全国で走ったことがないのは北海道と沖縄だけになってしまいました。エアライフルも得意で全国大会にも出場する腕前です。三五歳の時にはエアライフルの教室で知り合ったご主人と結婚したのですが、ある日突然の心臓発作でご主人が帰らぬ人となる不運に見舞われました。

しっかりと現実を見据えて次の道を模索する

長年透析をしているといろいろと相談されることもあります。森本さんは悩んでいる人

を応援したいとブログを始めました。まだブログが珍しい頃で、「透析、ブログ」で検索すると一番に上がってくるのが「さっちゃんの元気予報」でした。

「私の体験から長期間透析をしているとどんなことが起こるのか伝えたいんです。しっかりと現実を見て、そこから次なる道を冷静に模索するお手伝いができればと思っています」。

森本さんは、良いことだけでなく辛いことや厳しいことまで、ありのままを伝えるようにしています。「さっちゃん、どう思う?」と悩みや質問が寄せられて、森本さんが答えられないことは他の仲間が答え、ドクターや臨床工学技士もアドバイスしてくれるようになり、メンバーは一人増え、二人増えとどんどん広まって全国で何人いるかわからないほどにふくらみました。返事を書くのが忙しく一日中書いても間に合わない日が続き、しかたなく現在は休止中とか。しかしブログは休んでいても、腎臓病関係の研究会やセミナーの活動は積極的にこなし、自分の体験や現在の透析環境について話をしています。

透析患者も責任を果たし結果を出さなくては

一〇年くらい前のこと、ただ与えられた透析をしていれば元気に過ごせると思っていた森本さんは、そうでもないことを知ります。透析医療の進歩とともに効率の良い透析が普及し始めた時期でした。いろいろな透析を試してみたいと思い、先生にお願いして透析時間や回数などを見直し、毎日二時間、週四回六時間、週四回五時間、オンライン血液濾過透析（ＨＤＦ）など、いろいろなパターンをダイアライザーと組み合わせてやってみました。その結果、その頃の森本さんには「緩やかな血流量で頻回な長時間透析」が合っていることがわかりました。透析条件を変えたことで体調も良くなり総合病院に正社員として就職し、仕事のかたわらに趣味のライフル射撃や登山もまた始めることができるようになりました。ここ何年かは「一万人の第九」に参加するのも楽しみで、八月から練習にあけくれ、一二月には大阪城ホールで思いっきり歌っているそうです。

ところが、しばらくするとだんだん食事が喉を通らなくなり体力もおちてきました。長時間透析は毒素ばかりでなく身体に良いものも抜けてしまうので、その時の体力や症状に合わせなければなりません。いい透析だといわれていても体力がないとできないということもわかり、取材当時は透析時間を短くして三時間半の透析を週に四回受けていました。それでもできるだけ仕事は続けたいと頑張っています。というのも、森本さんは最後まで全てにおいて現役でいたいと思っているからです。

「さまざまな透析方法を選べるようになり、高効率の透析も受けることができ、体も楽になりました。でもそれには莫大な費用が使われています。そうやって命をつないでもらっているわけですから、私たち透析患者もキチンと社会生活を送って結果を出す必要があると思うんです」。

（「そらまめ通信」二〇一五年二月号取材より）

その後、森本さんの体調は一進一退を繰り返し、透析中に具合が悪くなって何回も入院し、仕事もやめたと聞いていたので心配していましたが、なんと「おつきあいしていた彼と結婚するため住み慣れた神戸を離れて奈良に引っ越しました」という連絡をもらいました。さっちゃん、おめでとうございます！　五月には私がシンポジウムのコーディネイターをした全国腎臓病協議会（全腎協）結成四五周年記念大会で患者代表として発表もしましたが、演題は「未来へ～諦めない！」、森本さんの現在の心境そのものでした。

（二〇一六年五月記）

16 今の透析制度を守るために、全国を飛び歩いています

今井政敏さん

1953年生まれ
全国腎臓病協議会会長
【病歴】30代前半年糸球体腎炎発覚，1988年 35歳 血液透析

熊本で透析をしながら全国を飛び回る

二〇一四年に全国腎臓病協議会（全腎協）の初めての選挙で会長に選出された今井政敏さんは、地元熊本で週三回六時間透析をしながら東京への往復だけでなく、全国の腎友会や透析施設、講演会その他で全国をめぐるという忙しい日々を過ごしていました。

今井さんが透析を始めた一九八八年頃は、医療面も制度面もまだ恵まれているとはいえない状況でした。腎臓病の怖さも透析の大変さも認知されておらず、透析施設も限られていました。自宅で一人、三年も保存期を続け大変な思いをした今井さんは全腎協について、「透析患者を取り巻く状況は格段に良くなりました。余命五年といわれた寿命は二〇年、三〇年、四〇年と延びましたが、それだけ全腎協も高齢化し、新しい問題が山積みです」

と語ります。東京の全腎協をお訪ねし、透析導入時のご苦労や、全腎協の今後の課題について伺いました。

ベッドに空きがなく、次々と病院を変わり自宅待機に

家業の鉄工所を手伝っていた今井さんは、二五歳の時に建設現場の足場から落下して骨折し三カ月入院し、その時にたんぱく尿を指摘され専門医を受診するよう勧められていたのに、退院したとたんに仕事人間に戻り、たんぱく尿は記憶の彼方に吹き飛んでしまいました。三〇歳を過ぎ、風邪のような症状で吐き気がして食事ができなくなりやっと病院を受診、すると血液検査でクレアチニン値が二〇を超えているではありませんか。作業着のまま入院。即、熊本中央病院に送られ診察を受けましたが、ベッドに空きがなく元の病院に入院して待つことになりました。水も食事も受けつけず点滴の日々に八〇キロあった体重が一カ月で四〇キロまで落ちてしまい、周りの誰もがこのまま死んでしまうのではないかと案じてふたたび熊本中央病院に送られました。しかし、やはりベッドに空きがなく廊下で待つこと三日、ようやく入院することができ、透析が必要と診断されました。最悪だった容体は、それまで処方されていた薬が腎臓に負担をかけていたためで、薬を止めたら少し改善しました。すると「もっと重症の人がベッドを待っているんです。ベッドが空

いたら電話しますから家に帰って待っているように」と自宅に戻されてしまったそうです。

死の一歩手前まで、一人で保存期三年

今井さんは先生にいわれたとおりに素直に待ちました。病院の売店にあった食事療法の本を買いあさり、たんぱく質三〇グラム、塩分三グラム、二〇〇〇キロカロリー以上、貧血で、頭を上げることもままならず、寒くて真夏に布団二枚をかぶりストーブを焚いて寝て待つこと三年。とうとうカロリー補給のための氷砂糖を体が受けつけなくなって病院に連絡したそうです。そしたら「君はまだ透析をしてないのか」とすぐ入院することになりましたが、そんな状況になっても今井さんはまだ透析を始める決心がついていませんでした。「最初は透析を何年かやったら元気になって、元の生活に戻れると思っていたんですよ。そしたら先生に怒られて、『何を聞いていたんだ、君は不治の病にかかったんだ』といわれ、『五年しか保証できない』でしょ。ショックで透析を始めようなんて気になれなかったですよ」。

シャントを作り血管を育てるためにとさらに一カ月。少し前までは地下の売店まで歩いて行けたのが歩けなくなり、エレベーターを使っても這いずり出るありさま、最後はトイレに行こうとしてひっくり返って動けなくなり、「透析しないとダメみたいです、お願い

します」とやっと透析を受け入れました。最初に病院に行ってから四年、三五歳の時でした。ぎりぎりでの透析導入のため二五〇あった最高血圧が一〇〇まで落ち、体が飛び跳ねて男性職員六人が今井さんの身体の上に乗って押さえつけ、「頭下げろ、足上げろ、補液持ってこい」と……よく心臓がパンクしなかったものだと、話してくれました。

救われた命は患者会の先輩たちの苦労の賜物

透析を始めて一命を取り止めた今井さんは、その後、熊本県腎臓病患者連絡協議会（熊腎協）に入り熱心に活動するようになりました。一人で保存期を続けていたときは収入もなくなり自殺を考えたことさえあったといいます。「今ある命は患者会先人たちの苦労の賜物」と、患者会の活動のお陰で医療費の負担が軽減したことに感謝し、活動に力を入れました。その熱心さを買われ事務局長になり、週三回の透析日以外は入会者を増やすために県内の透析施設をまわり、慢性腎臓病（ＣＫＤ）対策として熊本市のセミナーなどで患者代表として講演する機会も増え、ますます忙しくなりました。

そんなとき熊腎協の上部組織である全腎協で会長の選挙を実施することになりました。推されて立候補することになりましたが、まさか自分が選ばれるとは思ってもいませんでした。ところが蓋を開けてみるとみごと当選。二〇一四年六月から全腎協の会長として全国を飛び回る日々が始まりました。

みんなで訴えないと、透析制度は崩壊する

全腎協が結成された四五年前はベッド数も透析機械も少なく、費用も高額で、少数の患者しか透析を受けられない現実がありました。先輩患者やそれを支援する医師たちが必死に運動をし、透析費用が公費負担になり、身体障害者一級も認められ、助成制度もいろいろできました。しかし今井さんは、

「これまではバブルの時期で要求が認められやすかったといえますが、これからは大変です。新しく透析に入る人たちは既存の制度が当たり前だと思っていますから、全腎協の会員も減少していますし、問題山積みです」と、通院の問題、介護の問題、終末期医療の問題など時代の移り変わりとともに透析患者を取り巻く環境も大きく様変わりしているといいます。

二〇二五年になると、団塊の世代が七五歳以上になり、透析患者数は二〇二〇年頃にはピークを迎えてそこからは減少に転じるといわれています。同時に人口も減りますから透析患者の割合は変わらず、その負担は若い働き手の肩に重くのしかかることになります。そのときに同じ制度を維持することができるのか、「患者会としてはいいたくないことで

すけど、収入に応じて透析費用を負担せざるを得ない時代が、すぐ目の前に来ているんです。何年か前にも、夜間透析や祝祭日の費用がカットされそうになりましたからね。協力して取り組んでいかなければ、今の透析制度は崩壊してしまいます」と今井さんは危機感をつのらせます。組合活動みたいだと偏見を持つ人もいますが、国の援助を得るために必死に運動した先輩患者や率先して患者をリードしてくれた人たちがいたから今の透析制度があるのです。これを未来に残すために、一人でも多くの人の理解を得られるように全国を飛び回っている今井さん、その恩恵を受けるのは一〇年後の患者さんたちです。

（「そらまめ通信」二〇一五年一〇月号取材より）

二〇一六年三月に任期満了で全腎協の会長を退任された今井さんは、熊本県腎臓病患者連絡協議会（熊腎協）の副会長兼事務局長として地元での仕事に集中できるようになりました。熊本と東京の往復の日々はさすがに大変だったので、少しは休めるかと思っていた矢先に熊本地震が発生しました。ご自身の家はたいした被害は受けませんでしたが、被災した方々への対応や問合せへの応対で大忙しだったそうです。災害のときにほかの患者のために、知識を持って、献身的に働いてくれる人がいるというのは心強いかぎりです。

（二〇一六年八月記）

17 透析患者だからこそのビジネスを展開

池間真吾さん

1970年生まれ
㈱旅行透析，㈱腎友メディカル社長
【病歴】2000年 30歳健康診断でたんぱく尿指摘，2008年 38歳血液透析

透析患者の目線で考えたビジネスを展開

透析患者が働く、透析患者のための会社を経営している池間真吾さんが、東京の腎臓サポート協会の事務所を訪ねてくれました。席に着くや新しいビジネスプランについてエネルギッシュに話し始めました。池間さんの会社は、全国の透析施設のデータベースを構築し情報を提供することで透析施設と旅行会社をつなぐ仕事をしています。透析付きパック旅行は各旅行会社から販売され、多くの透析患者が利用し、個人旅行の問合せには無料（取材当時、現在は有料）で対応しています。国内では長時間透析研究会や在宅血液透析研究会から学会の取りまとめを依頼され、日本透析医学会からも連絡がありました。日本を訪れる外国人透析患者のための海外からの問合せも増えています。

池間さんのビジネスは「透析をしていてもきちんと働けるよ」ということをアピールするために、自分があがきもがいた経験からアイデアを得ています。現在は順風満帆に見えますが、透析を導入したときは尿毒症で苦しみ、就職で苦しみ、一時は死んだ方がましとさえ考えたことがあったそうです。

半年間、透析を拒否し尿毒症の辛さを体験

広島の放送局の報道記者だった池間さんは肥満体型で高血圧でした。三〇歳の時に会社の健康診断でたんぱく尿を指摘されたものの、報道記者という仕事柄、ハードな生活を続けていました。その後、学生時代から大好きだった旅の仕事をするため脱サラ、沖縄の那覇に移住して若者向けの民宿二軒とピザレストランを始めました。仕事は順調に推移したものの、健康診断を受けることもなく、気が付かないうちに病気は進行していきました。

顔がむくみ夜中に足がつるという症状が出てきましたが、それでも病院には行きませんでした。それがたまたま受けた血液検査で、「クレアチニン値が八を超えています。すぐに透析が必要です」といわれてびっくり。しかし透析を始めると週三回の通院が一生続くことになり仕事も旅行も何もできなくなってしまうと、透析を拒否し続けました。強い吐き気に襲われ、毎晩、両足の太ももから下全部がつって跳びはねて痛みに耐える日々、

「このままでは死にますよ」といわれました。クレアチニン値は二〇を超え体調は最悪でした。もうどうしようもなくなり、透析を導入しました。

ところが透析を始めたとたんに体調はさらに悪化、血便が出て歩けなくなり緊急入院。長年の高血圧と尿毒症の影響で池間さんの血管はボロボロになっていたのです。透析をするときに血液が固まらないように薬を使いますが、ボロボロになっていた十二指腸など内臓の壁から出血してしまうので、胃カメラを使って一九回も手術をしました。四カ月後にやっと退院できたものの、仕事を続けることもできず、民宿もレストランも人手に渡すことになってしまいました。「ある日突然に身体障害者一級といわれてもショックが大きくて受け入れられず、本当に死んだ方が楽なんじゃないかと思いましたね」。

仕事探しも結婚も、透析のため苦労した

池間さんは、その頃つきあっていた彼女と結婚し彼女の実家がある宮古島に移住したいと考えていました。療養をかねて島でゆっくりしようと軽く考えていたものの、仕事がなければ暮らしていけません。そこでハローワークを訪ねましたが、「全滅でした。放送局で記者をしていた経歴があっても、民宿経営の経験がありますといっても、八社、九社くらい落ちましたね。透析患者というだけで受験資格すらなかったり、ああ、透析患者には

こんなに選択の余地がないのかと愕然としました」。

運が良かったのは、たまたま知人から民泊を宮古島に広める仕事を紹介されました。三年契約でしたが引き受け、宮古島に移住し結婚しました。ところが「透析患者は早死にするんでしょ」「子供もできないんでしょ」という噂が広がりました。「そんなことないよ、普通に働けるんだ。ちゃんとできるんだ」ということをまわりの人たちに見せるために一生懸命頑張ったそうです。移住してみると、宮古島の観光協会でも民泊を強化したいと考えており、契約途中でもよいので職員になってほしいといわれ、やっと安定した職を得ることができました。

旅行透析の病院探しに苦労したことで新しい仕事が

新しい職場で担当した仕事は観光客を誘致することでした。宮古島の魅力を伝えるためにミス宮古島を連れてキャンペーンを展開したり、修学旅行の勧誘に向け全国各地の学校に出掛けたり、二泊三泊という出張が頻繁に繰り返されました。そんな時池間さんは出張先で透析をする病院を探すのに大変苦労したといいます。どの地域のどの病院が旅行者の透析を受け入れてくれるのか、ホームページを見ても情報がほとんどありません。出張が決まるたび手当たり次第に電話をかけて断られ続けました。池間さんは当時五時間透析をしていましたので、その五時間透析を引き受けてくれる病院なんてほとんどありませんでした。毎月のように行き先の違う出張があるため、毎回病院探しに何日もかけました。そこで各地域の透析病院の情報を集めようと思いついたのです。

「これができれば全国三二万人の透析患者が自由に動けるようになると思い、観光協会は退職して会社を作りました。日本全国どこでも旅行先で自分が希望する時間に透析が受けられるように、長時間透析とか自分の条件に合う透析施設がわかるデータベース作りを始めました。透析患者さんを一〇人雇ってコールセンターを作り、全国に四〇〇〇以上ある透析施設に片っぱしから電話をかけまくり二年かけ完成させました」。

ビジネスがビジネスを呼び、新しい仕事が広がる

二〇一五年には中国、韓国、台湾、シンガポール、マレーシア、日本で旅行透析会議を開催、六カ国で透析旅行の行き来をスムーズにしようと提携を結びました。また東京オリンピックの時には訪日する観客のなかに透析をしている人もいるだろうし、パラリンピックの選手にも透析患者がいます。受け入れ体制をどうしようか、官民合わせた団体からの問合せもあり、ビジネスはどんどん発展していきそうです。

「僕も最初は透析になったらどこにも行けない、もう宮古島につながれてしまったんだ

と思いましたよ。でもそんなことはない、透析をしているからといって引きこもるんじゃなくて、もっとプラス思考でいると、道が開けていくんです」と語る池間さん。よりよい透析環境を作るために日夜励んでいます。五時間だった透析時間も七時間に延ばすことができ、宮古島では二人のお子さんにも恵まれ、家族との時間を大切にしているそうです。

（「そらまめ通信」二〇一六年四月号取材より）

全国の施設で透析を受けている様子をウェブサイトに掲載している池間さんですが、最近では台湾の透析関係の雑誌に日本の透析を紹介する記事を書いたり、台湾との行き来が多くなりました。池間さんは海外にも優れた透析技術があることに気がつき、「日本の透析患者は海外でどんな透析がおこなわれているか知らなすぎる」と国際透析連携協会という社団法人を立ち上げ、専門医にも協力してもらい国際間で透析に関する情報交換をおこないたいと思っています。国立琉球大学の観光学科でも透析旅行について共同研究を始め、さらに八月一日から、日本全国四〇〇〇カ所の透析病院から臨時透析先や転院先を自由に検索できる「透析検索.com」のサイトをスタートするため、あいかわらず大忙しです。体のため、家族のために長時間透析をしているのに、家族との時間が減ってしまうので、今は在宅血液透析を始めたいと考えているそうです。

（二〇一六年六月記）

第三章　腹膜透析をしながら社会復帰

――夜寝ている間におこなうＡＰＤ、一日三〜四回バッグ交換をするＣＡＰＤ――

18「死んでも透析はいや」から一転、腹膜透析で元気

長濱光延さん

1942年生まれ
元築地市場勤務
【病歴】2007 年 64 歳
糖尿病から腹膜透析

腹膜透析をしながら築地市場を荷物運びのターレーで走り回る

築地市場で縦横無尽にターレーを操って走り回っていた長濱さん。周りの人からは「浜ちゃん、元気だなぁ、腹膜透析してるって聞いたけど、とても病気持ちとは見えないじゃない」と、透析をしているなんて信じられないと口々にいわれたそうです。定年後も別の店から声がかかって六〇歳を過ぎても腹膜透析をしながら働きつづけました。

しかし透析を始めるときは、血液透析がどうしてもいやで、「透析するくらいなら死んだほうがまし」とまで思いつめていました。それが一人の医師と出会い、腹膜透析の導入を決意し、以前と変わらない生活を続けることができるようになりました。

通院日の待ち時間にお邪魔して、透析導入までの経緯や、腹膜透析をしながらの生活ぶ

りなどをお聞きしました。

腹膜透析に出会っていなかったら俺の人生終わってたね

長濱さんは二〇年以上前から糖尿病を患っていて、血糖値が一三〇位からなかなか下がらない状態が続いていました。糖尿病から腎臓が悪くなって透析を導入する人が増えていることは聞いていましたが、「自分は透析にはなりたくないな」と思っていました。それでいつも「先生、腎臓が悪くなったっていうの絶対やだよ」と確認していたのですが、「これくらいの数値ならそんなに心配ない、大丈夫」っていわれて安心していました。

ところが八王子市の健康診断で「腎臓が悪くなっています」といわれ専門医を紹介され、「透析の準備をしましょう」といわれてびっくり。「俺は透析だけはしたくない。血液透析をするくらいなら死んだほうがマシ」とその病院へは行くのをやめてしまいました。というのも知り合いに透析をしている人がいたのですが、その人は二日ごとに病院に通って自分の時間をとられ、顔色も真っ黒で、いかにも病人という感じだったそうです。「一日おきに四時間も五時間も時間を取られるなんて。俺、なんのために生きてきたんだろうって。もうしょうがない。死んでもいいや」と真剣に思ったそうです。

それでも気になって近所のかかりつけの先生に相談したところ、東京医科大学八王子医療センターの吉川先生を紹介されました。当時のクレアチニン値は六でしたが、八、一〇と病気が進行するのは速いから、心の準備はしておきなさいといわれました。しかし、まだやりたいことはたくさんあるし、仕事も続けたいし、外国へも行きたいと先生に訴えました。そうしたら、「長濱さんね、血液透析だけじゃなくて腹膜透析というのもあるんだよ。あなたの場合、そっちをやればあなたの好きなようにできるんじゃないの」といわれ、吉川先生にかけてみようかなって思ったそうです。前の病院では腹膜透析の説明は一切なかったということなので、へそ曲りの長濱さんだったからこそ、吉川先生にも出会え、腹膜透析にも出会えたのですから、何が幸いするかはわからないものです。

二〇〇七年の七月から夜間に自動的に透析液の交換をする腹膜透析を始めることになりました。最初は操作を覚えるのが大変でしたが、説明書の絵を追っていくだけで、だんだんと上手にできるようになりました。病院には三週間に一度行くだけ。寝相が悪いので、体の向きによっては機械がピーピー鳴ることもあるそうですが、他はまったく問題がないそうです。「吉川先生と腹膜透析に出会っていなかったら、俺の人生、終わってたね」と、腹膜透析の毎日に満足している長濱さんです。

市場の活気が活力をくれるから、病人なんかやってられない

なにせ築地は早朝の仕事です。長濱さんが床につくのは夜の七時。腹膜透析の機械をつないで寝ているあいだに透析をします。夜中の一時半には起きてタンクの水を捨てたり機械をはずしたり後片付けをし、二時過ぎには車で家を出発。三時過ぎに築地に到着。奥さんが作ってくれたおにぎりを食べて薬を飲み、三時半頃から一一時半頃までは働きっぱなしです。仕事が終わると車の中でおにぎりを食べて薬を飲んで帰宅。自宅に着くのは昼の一時頃で、後は夜七時に寝るまでテレビを見たりぶらぶらと過ごします。

長濱さんの仕事はターレーに乗って築地市場のなかを迅速に荷物を運ぶことです。前に勤めていた店を六〇歳で定年を迎え、透析を始めた頃は別の店で働いていました。丈夫で腕力があれば定年を過ぎても、「うちへこないか?」「こいよ」って声がかかります。「やっぱり市場の活気が、俺に活力をくれてるんだな。うちで病人面して寝てたら、俺、ものの何カ月かでパニックになっちゃっただろうね」と、腹膜透析のおかげで仕事が続けられて良かったという長濱さんです。

腹膜透析のお陰で趣味を続け、ニューヨークにも行ってきました

現在は八王子に住んでいる長濱さんですが、産まれも育ちも浅草のそばの南千住。根っ

からの下町ッ子でお祭り大好き人間。八王子の山田町に移り住んでから、「山田太鼓おりづる会」を作り、地元の代表的な民芸にしたいと地域の女性たち一七人で編成する和太鼓の指導に当たっています。和太鼓のパフォーマンスを「八王子祭り」や高尾山の「八王子もみじ祭り」、浅川の「灯籠流し」のときなどに披露しているのも腹膜透析のお陰です。

そして、なんと腹膜透析を始めて九カ月目に、仕事を休んでニューヨークへ行ってきました。高校の先生をやめてダンスで身を立てたいとアメリカに渡った息子さんが、ブロードウェイのオーディションに受かって、舞台に立っているのをどうしてもみたくて行ってきたそうです。息子さんが渡米したのは長濱さんが透析になるかもしれないという時期、「俺の具合が悪いのと、お前が行くのは別だから、お前は好きなことやってこい」と送り出したのでした。ニューヨーク滞在中は、ホテルでメーカーが手配してくれた透析液で一日三回、日中に腹膜透析のバッグ交換をし、往復の飛行機では行きは成田空港で、帰りは飛行機の中で三つ並びの席を使わせてもらってバッグ交換をしてきたそうです。「俺、腹膜透析を始める時は不安だったけど、これもできた、あれもできた。俺、何でもできるよってみんなにいいたいんだ」と、自信がついた長濱さん。それからはどこへでも行けるようになり、積極的に出掛けたそうです。

（「そらまめ通信」二〇〇八年六月号取材より）

その後、腹膜透析から血液透析に移行して、築地の仕事からも退きましたが、和太鼓の親方は元気に続けています。透析をしながら女性たちを率いて、これぞ築地の男といえる威勢の良いかけ声をかけては仲間の女性たちを励ましています。あちらこちらのイベントで活躍し、地域活性化にも大いに寄与しているということです。

（二〇一六年五月記）

19 尿量の減少や穿刺が苦痛で血液透析から腹膜透析に切り替えて

石井利博さん

1942年生まれ
元会社員
【病歴】30代 たんぱく尿指摘, 2007年1月 64歳 血液透析導入, 同年3月 腹膜透析に切り替え

血液透析導入から一カ月半で腹膜透析に切り替え

石井利博さんには、奈良の西の京病院で主治医の小泉医師、看護師長の渡辺さんと一緒にお会いしました。石井さんは多発性嚢胞腎《のうほうじん》で保存期を二〇年保ってから透析を始めましたが、どんどん尿量が減っていくことに不安を覚え、血液透析を導入して一カ月半で腹膜透析に切り替えました。その結果、血液透析を始めてから少なくなっていた尿量が戻り、食事制限も楽になりました。趣味のゴルフを楽しみ、旅行にも出掛け、新しく家庭菜園も始め、腹膜透析をしながらの生活に満足していて、できるだけ長く腹膜透析を続けたいと願っています。石井さんに、保存期の頃の苦労、腹膜透析に変えたいきさつなどを伺いました。

単身赴任で厳密な食事療法はできなかったが、できることを実行

三〇代の頃に会社の健康診断でたんぱく尿を指摘された石井さんは、月に一度は病院に通い定期検査を受けていました。奥様も一緒に説明を聞き腎臓にやさしい料理を作ってくれていましたが、本人はまったく自覚症状がなかったので塩分を控えめにする程度で、たんぱく制限に関してはあまり意識をしていませんでした。

大阪の事務機の営業職だった石井さんは出張も多く、忙しい時はかなり無理をしていました。四国と東京に転勤の辞令が出たときは二人のお嬢さんもまだ幼く、病院や主治医を変えずに治療を続けたいと思い、単身赴任をして頻繁に自宅に戻っては病院に通うことにしました。この時期、合わせて一二年ぐらいは塩分やたんぱく質の制限はできる範囲でしかやっていませんでした。本来食事にはあまりこだわりがなく、みそ汁と漬け物があればそれでよいというほうだったので、赴任先でも減塩みそを使ったみそ汁と、簡単な手作り弁当を持っていくようにしていました。つきあいで皆と居酒屋にいくときは塩辛いものを避けるようにはしていたようです。

透析病院は自分で調べ実際に見て廻って決定

在職中に透析になることは避けられ、無事定年を迎えた石井さんは、退職後は家でテレ

ビを見たり本を読んだり、ゆったりとした生活を送っていました。食事療法は奥様が気をつけてくれていましたが、二〇〇七年一月にクレアチニン値が八を超え、担当医から「透析の準備をしたほうがいい、遅くなればなるほど後が大変なことになりますから」といわれました。注射が大嫌いだった石井さんは透析そのものが絶対いやで、最後の最後まで抵抗し、どうしようもないところまで頑張りましたが、ついに透析を始めることになりました。

定年後も会社の近くにある大阪の病院に通っていましたが、透析についてはパンフレットを渡され、「ご自身でいろいろな治療法を検討して選択してください」とゲタを預けられました。腹膜透析は五年ぐらいしかもたないということで、五年後にまた手術をするのは嫌だと血液透析に決めました。大阪の医師から紹介された病院でシャント手術を受け、週に三回通う病院は自宅から近いほうがよいと自分で調べることにしました。「インターネットで検索してから実際にあちこち見て回り、自宅からも近く、スタッフも親切で建物も新しくきれいだったので、西の京病院にしました」。

たまたま選んだ病院が血液透析と腹膜透析に対応

透析を導入するときでも、「ちょっと身体がだるい、ちょっと頭が痛い」という程度の症状しかなかった石井さんは、それまでは尿量について特に意識したことはありませんでした。血液透析を始めると透析が腎臓のかわりに働いてくれるのでどんどん尿量が減っていきますが、石井さんも血液透析を導入してから日に日に尿量が減っていくのに驚き、「これはやばい」と感じたそうです。一日おきに午前中がつぶれるし、穿刺も苦痛で、一生続けるのかと暗澹たる気持ちになりました。血液透析を始めてまだ一カ月半でしたが、主治医に相談、比較的長く尿量を保てる腹膜透析に切り替えることにしました。血液透析と腹膜透析の両方をやっている病院はそう多くはないのですが、たまたま腹膜透析に力を入れている西の京病院を選んだのは、運が良かったといえるのではないでしょうか。腹膜透析担当の渡辺看護師は、「清潔を保つなどの自己管理が必要ですが、石井さんは自分でやれる人だと思えたので腹膜透析を勧めました。当院では血液透析の方が約一〇〇名で腹膜透析が二二名、そのうち約半数が夜間自動腹膜透析です」と話してくださいました。

西の京病院では保存期腎不全外来もやっているので、石井さんは小泉医師と渡辺看護師からていねいな説明を受けた上に、ビデオでも理解を深めることができたので安心して腹膜透析に移行することができました。血液透析で無尿になってから腹膜透析に切り替えても尿量は戻りませんが、早めに腹膜透析に切り替えたので尿量も一〇〇〇シーシーから一二〇〇シーシーまで戻すことができました。「当院では、腹膜を休めるために、腎臓の機能がまだ残っている人にはなるべくバッグ交換の回数を少なくして、液を入れない時間を作るようにしています。石井さんも尿量が多かったのでずっと一日三回でした。でも尿量はあまり減っていないのですが、データが上がってきたので、今年（二〇〇八年）の六月から四回にしました」と主治医の小泉医師が説明してくださいました。

腹膜透析に変えてから一年九カ月、朝八時、昼の一時、夕方六時、夜一一時と一日四回のバッグ交換をしていました。透析液を腹膜に入れるカテーテル部分がグチュグチュしたことは一度ありましたが、腹膜炎も起こさず順調で、血液透析をしていた頃より食事制限もゆるく生野菜や果物も食べられるようになりました。食事の仕度をする奥様も楽になり、二人で同じものが食べられるのが嬉しいとのことでした。朝ちょっと起きにくい日がたまにありますが、日常生活に支障をきたすほどの疲労感ではなく、週に一回はゴルフの練習場に、月に一回はゴルフ場にも行っています。透析液のバッグを車に積んで実家のある福岡までフェリーで行き、広島や唐津のドライブを楽しんだり、新たに家庭菜園も始めて腹膜透析の生活に満足しているとのことでした。

「できるだけ腹膜透析を続けたいと思っています。昼のバッグ交換が面倒なので、夜寝ているあいだに自動的にバッグ交換をしてくれる夜間自動腹膜透析もいいなと思っています。幼かった娘たちも結婚して、多発性嚢胞腎の遺伝を心配しましたが、今のところは大丈夫なようです」。

（「そらまめ通信」二〇〇八年一二月号取材より）

その後、腹膜透析では透析量が足りなくなり、尿量も減ったので、西の京病院で週三回四時間の血液透析を受けています。食事も特に問題はなく、旅行や家庭菜園も続け、元気に過ごしているそうです。

（二〇一六年七月記）

20 旅先に腹膜透析のバッグを送って、大好きな旅行を楽しむ

木原敏子さん

1942年生まれ
元小料理屋経営
【病歴】1974年33歳 妊娠中毒症，1981年 むくみにより入院，2001年 腹膜透析，2008年66歳 血液透析併用

我慢強さも程度問題、我慢し過ぎて五回も緊急入院

腹膜透析一〇年目という木原敏子さんは我慢強いのが取り柄、であると同時に欠点でもあります。痛いのを我慢し過ぎて四回も腹膜炎を起こし、インフルエンザにもかかり、緊急入院を五回も繰り返してしまいました。それでもつい最近の検査では「まだ腹膜透析を続けられますよ」といわれました。友達や娘さんと好きな時に旅に出て、行く先々で腹膜透析のバッグ交換をしながら、主治医もあきれるぐらい第二の人生を謳歌しています。今は血液透析を併用しながら、仕事もやめ悠々自適の一人暮らしです。ご自宅にお邪魔し、たまたま二人のお子さんを連れてきていた三女の真美さんにも話を伺うことができました。

我慢に我慢を重ねていよいよ透析に

一九七四年、木原さんは三三歳のときに三人目の子供を妊娠中に妊娠中毒症になり、妊娠を続けるのは無理と中絶を勧められましたが、上二人が女の子だったので男の子を産まなければと頑張り、無事に出産しました。しかし、またまた女の子、それが真美さんです。妊娠中毒症は完全に治ったと思っていましたが、三八歳のときにものすごいむくみが出たのにぎりぎりまで我慢した結果、東神戸病院に三カ月入院。そのとき真美さんは五歳になったばかりで、近所の人にあずかってもらわなければなりませんでした。退院してからは体調も良く自覚症状はなかったので「大丈夫だろう」と、定期的な検査を受けることなく過ごしていました。

一九九五年、真美さんが二二歳になった頃には木原さんの腎不全はかなり進行して、毎月病院に通っていたといいます。一月一七日、阪神淡路大震災が発生し神戸の御影に住んでいた木原さんの家は全壊してしまいました。翌年、自宅を新築するときには生活のことを考え一階を店にして、真美さんと一緒に小料理屋を始めることにしたのですが、夜の仕事でずっと立ちっぱなし。ここでも木原さんは我慢強さを発揮して極限まで我慢を重ねてしまいます。「私はまったくお酒が飲めないのに、夜一〇時ぐらいになると足がパンパンに腫れあがって、そのむくんだところを指で押すと、へこんだところに水がたまるほどだった」といいます。ぎりぎりまで頑張って〝もうダメ〟となって病院に行くと、診察と同時に即入院させられ、透析を導入しなければならなくなりました。

明日では遅かったかもと、入退院を繰り返す

木原さんは血液透析を始めるためのシャント手術をすませていましたが、東京に住んでいた一番上の娘さんが心配し順天堂大学の先生に相談したところ、腹膜透析を勧められました。それで選択を変更し腹膜透析に決め、二〇〇一年二月、カテーテル挿入のための手術と手技をマスターするために一カ月の教育入院を開始しました。ところが木原さんは大の病院嫌い。はやく帰りたい一心で手技を一週間でマスターし、二週間目には独断で退院してしまったそうです。「病院のお風呂はどうしても苦手なんです、自宅でないと。それから何度も入院することになりましたが、すぐに家に逃げ帰ってしまうので有名になってしまいました」。

小料理屋の仕事と腹膜透析の両立が始まりましたが、必ずしも順調とはいえませんでした。ところが具合が悪くなっても毎回ぎりぎりまで我慢してしまうので、五回も緊急入院をすることになりました。一回目は、二四時間咳が止まらなく、どうしようもなく病院に行ったら腹膜炎でした。真美さんは先生から「明日まで我慢していたら大変なことになっ

ていましたよ」といわれたそうです。

二〇〇八年、腹膜透析を始めてから七年目、真美さんが結婚し、木原さんは一人でお店を切り盛りしなければならなくなりました。アルバイトの人を雇いながら毎日くたくたに疲れ、とうとう四回目の緊急入院。この時も腹膜炎を起こしていましたが、それだけではなく、心胸比が五三で息切れがひどく心臓が大変な状態になっているといわれ、一カ月間、毎日、血液透析をやらなければなりませんでした。透析量も腹膜透析だけでは難しくなっていたので、退院後は血液透析と併用することになりました。

腹膜透析のおかげで、仕事をやめて気ままに旅三昧

娘さんたちは六六歳になった木原さんのことを考えお店をやめることを勧めました。真美さんは「元気なうちにやめないで寝込んでしまったら、面倒見ないよ」といったそうです。店は大きな工場の目の前にあったため工員さんたちでいつも繁盛していたので、誰かに貸してやってもらうことも考えました。でも、常に小綺麗にしてきた愛着ある店が知らない人に汚されてしまうのもいやだと思い、売却することに決めました。小さなマンションを買おうかとも考えましたが、真美さんが神戸市役所に行って手続きをしてくれ、駅からも近く、眺めも良い市営住宅に入れるように手はずを整えてくれました。

「身体障害者一級なので優先的に入れてくれたんだと思います。冬は寒くないし、夏は風が通って涼しいし快適です。旅行に行くにも鍵一つで出掛けられるのもいいですね」。

一人暮らしになった木原さん、なにかあっても近所に住む友達がすぐに来てくれるので、娘さんたちも安心しているそうです。血液透析との併用を始めて一年くらいたった頃に熱が出てまたまた緊急入院。このときはインフルエンザに感染して熱が下がらずひどくつらい思いをしたといいます。透析をしている人がインフルエンザになると大変なことも多いのですが、すぐに駆けつけてくれた友達のお陰で事なきを得ることができました。

何度もの緊急入院はしたものの、仕事をやめてからの木原さんはたびたび旅行に出掛けるようになりました。以前から旅は好きで、腹膜透析の透析液を旅先に送り、真美さんと一緒に韓国へ海外旅行を楽しんだこともありました。それが最近では年に五〜六回、昨年は東京の娘さんを訪ねたり、四国へも、下関にふぐを食べにも、また九州へも出掛けました。今回のインタビューをお願いする電話をしても、旅行中でなかなかつながりませんでした。病院の先生からも連絡がとれない人といわれているそうです。

「でもそもそも先生が、『将来、血液透析になって一日おきに病院にこなきゃならなくなったら長い旅行はできないから、腹膜透析のあいだにおいしいものを食べて、行きたいところに行っておきなさい』といってくださったんですよ。だからせっせと出掛けて楽しんでいるんです」と。

それにしても我慢強く、さっぱりとした気性の木原さん、そんなお人柄に惹かれてお店をやっていたときも大勢のお客さんがきてくださっていたのではないでしょうか。

（「そらまめ通信」二〇一一年六月号取材より）

二〇一二年に血液透析だけに切り替えた木原さんは、週三回五時間の透析を受け元気です。担当の先生がきめ細かくフォローしてくださるので、もう緊急入院することもないそうです。好きな旅行は一泊のみで長旅はできなくなりましたが、友達と一緒にお遍路さん三三札所を全て回ったそうです。七人のお孫さんとも車でしょっちゅう旅行に出掛けているということで、まだまだ人生エンジョイし続けていけそうですね。

（二〇一六年八月記）

21 血液透析になる前に経験してみようと、腹膜透析を選択！

高木知恵子さん

1950年生まれ
パートタイム勤務
【病歴】2002 年 52 歳 検診で腎臓が悪いことを指摘，2010年 60 歳 腹膜透析

健常者では体験できない腹膜透析をしてるの

腹膜透析を始めてもうすぐ二年という高木知恵子さんを、診療が終わった病院にお訪ねしました。近所の猿江恩賜公園を一緒に散歩しました。一五三センチの身長に、以前は体重が七〇キロもあったというのですが、スリムな体で颯爽と歩く姿はとても六二歳とは思えません。普段からプールでのウォーキングを欠かさずにいるおかげで体調もよく、ご主人と二人でスカイツリーの見えるお宅で暮らしています。お友達の清掃の仕事をパートで手伝ってはお小遣いをかせぎ、カラオケでシャンソンを歌ったり、旅行に行ったりと、アクティブに毎日を楽しんでいます。治療選択ではずいぶんと迷ったそうですが、「血液透析になるまで腹膜透析を体験しようと思ったんです。でも腹膜透析にして本当に良かっ

た」と明るく話す姿はちゃきちゃきの江戸の下町っ子という感じ。ところが実は福島出身とのことで、カリウム制限のために故郷の大好きな果物を半分でやめなければいけないのが大変なストレスということです。

六年かけて二〇キロの減量に成功

腎臓が悪いのがわかったのは五二歳のとき、健康診断で尿たんぱくを指摘されました。自覚症状はまったくなかったので、以前にかかったことがある泌尿器科の病気ではないかと検査を受けましたが特に異常はなく、あとは腎臓が悪いことしか考えられず、その日から腎臓病の治療が始まりました。塩分七グラム、たんぱく質六五グラムと食事制限はそんなに厳しくはなかったのですが、一番大変だったのはカロリーを抑えるようにいわれたことでした。腎臓病の場合はたんぱく質を少なくしてカロリーを摂るようにいわれることが多いのですが、高木さんの場合は太りすぎを改善するようにとの指導でした。

心機一転、高木さんはプールに行って痩せようと決心します。プールといっても泳ぐわけではなく足腰に負担がなく続けられるウォーキングで、目標は一年に三キロの減量でした。それまで一・五人前は食べていた食事を一人前に減らし、プールでのウォーキングを週に二〜三回続けた結果、一〇年で二〇キロの減量に成功。同時に腹筋の運動もやったのでお腹がたるむこともなく、スリムなボディーを取り戻しました。なかなかできることではありません。「運動は嫌いじゃないし、頑張りました。私の場合は長期間かけて少しずつ落としました。やっぱりなんでも根気ですね」。減量の効果もあったのでしょうか、透析を導入するまでの一〇年間は自覚症状もなく、体調も良く比較的楽に保存期を頑張れました。

誰でもができることじゃないから、経験だと思って腹膜透析に

減量に成功し快適な生活を続けていた高木さんでしたが、二〇一〇年に入ると「そろそろ透析を」といわれます。お父さんが糖尿病から透析を導入して三カ月で亡くなっていたので、すごくショックを受けました。「体が疲れているわけじゃないし、息切れがするわけでもないのに、なんで透析するの？　どうしてもやらなきゃダメですか？」という高木さんに、先生は数値的に限界だからと三つの選択肢を説明しました。腹膜透析にするか、血液透析にするか、あとは腎臓移植です。移植はあまり気が進まないので最初から選択肢から外しました。腹膜透析に興味がありましたが、衛生管理が大変だと聞いていたので、できるかどうかとても心配でした。しかし「いずれ血液透析をしなければならないなら、経験だと思ってその前にしてみるのもいいかなと思って腹膜透析を選択しました。だって

腹膜透析って誰でも経験できることではないじゃないですか」と、とても前向きに治療法を選択したようです。

透析しながら、運動も旅行も楽しんでます

腹膜透析を始めてみると、機械の操作を覚えるのもそんなに難しくなく、約二年間、何のトラブルもないそうです。夜、寝ている間に自動的に透析液の交換をおこなう方法と、昼間に何回か透析液を交換する方法を併用し、夜一二時から朝六時くらいまでと、朝は透析液を入れたままで午後三時頃に交換をするので、お腹のなかには二四時間透析液が入っている状態です。プールでのウォーキングを続けたかったので先生に相談すると、許可が出ました。「最初は、ちょっとお腹が重い感じはあったんですが、今はほとんど気になりません。入浴パックをしっかり貼って、水からあがったらいつも通りにきちんとケアするようにしています。腹筋もお腹を使わないように足を上げる方法ならやってもよいといわれています」と、水中ウォーキングを楽しんでいる様子です。

高木さんのもうひとつの楽しみが友達との小旅行です。透析になったらできるかしらと思っていましたが、最近では一泊旅行を楽しんでいます。「夜の機械を使わず、日中に三～四回、透析液を交換します。友達が透析液のバッグを一個ずつ持ってくれ、私もバッグ

を入れたカートをガラガラ引っぱっていきます。帰りには空になったカートにお土産を入れて帰ります」。ご主人と一緒のときは車に透析液を積んでいくので、一週間でもゆっくりと旅行することができ、透析前と変わらない生活を楽しんでいます。

できるだけ長く腹膜透析で頑張りたい

腹膜透析を始めてもうすぐ二年、友達からは顔色が良くなったといわれ、むくみもなく、まだ尿量も保てているので、水分をとっても大丈夫だといわれています。唯一、怖いと感じたのは東日本大震災のときでした。「停電が心配だったので夜の自動透析はやらないほうがいいのか、コールセンターに聞いてみました。電気が切れてからどのくらい機械が働き続けるとか、ていねいに教えてくれ一安心しましたが、余震のときはものすごく恐かったです」。一カ月くらいは昼間の交換だけにしていたそうです。そのほかには、透析を面倒とか不便とか感じることもないようで、「慣れたんですね。決まった時間に慣れてしまうと、それで自分のペースを作っていけるので、意外にスムーズです。最近はお腹のシワもちょっと気になるので、毎日プールに行こうと思っています。うちにいるとゴロゴロしちゃいますから。ゴロゴロしていると太るでしょ、外に出てれば体を動かすからいいかな」とやはり前向きでアクティブです。先生からも「腹膜の状態がものすごくいい」といわれているそうなので、食事療法と自己管理をうまく続けて、できるだけ長く腹膜透析で頑張りたいということでした。

（「そらまめ通信」二〇一二年六月号取材より）

腹膜透析六年目をむかえた高木さんは、二年前に腹膜炎を起こし、腹膜の機能も落ちてきたので、血液透析への移行準備中です。この四年のあいだには持病の胆石が悪化したり、ご主人からの移植を検討したりといろいろなことがありましたが、プールでのウォーキングはずっと続けています。血液透析に移行しても体は鍛えておきたいと、腹膜透析ではお腹を保護するためにできなかったジムでのトレーニングを始めたいと思っています。まだまだ透析というと特別な目で見る人が多いなか、自分の体をきちんと維持することで、頑張っている姿を見せてあげたいと、やはり前向きなところは少しも変わっていませんでした。

（二〇一六年五月記）

22 退院したその日から厨房に立つ、根っからの料理人

小林史知さん

1973年生まれ
「ステーキ＆ワインバー 存じやす」シェフ
【病歴】2012 年 8 月 39歳 緊急入院で透析，その後腹膜透析

ある日突然、兄弟そろって三九歳で透析導入

一卵性の双子のお兄さんと一緒にステーキレストランのシェフをしている小林史知さんを宇都宮のお店に訪ねると、身長は一八〇センチ以上、筋肉隆々、顔色もよく、どうしても透析をしている人には見えずにびっくりしました。この方が三カ月前には体の調子が悪く、クレアチニン値が二一で緊急透析になったというのです。お兄さんもクレアチニン値が二四で透析を導入するためにちょうど入院中とのことで、兄弟そろって透析導入なんて遺伝性のものかと思ったら、そうではないとのこと。二人とも少し前までは体重が一二〇キロ、一四〇キロという巨漢で、人の何倍も食べて飲んでという生活に高血圧もあり腎臓が萎縮して、三九歳という若さで腎硬化症になってしまったのではないかということでし

た。

透析を導入し体調が良くなり、「体がすごく充実していてこうして働ける自分が嬉しく、精神的にも満ち足りている」という小林さん。お兄さんが退院したら「透析患者と家族が一緒に来られるようなレストランをやりたい」と話し合っているそうですが、そんな前向きな気持ちになるまでに何があったのか伺いました。

柔道ですり込まれた「我慢」のせいで発見が遅れ、透析に

小林さん兄弟は小さい頃から柔道をやっていて、名門高校の選手として全国大会でベストエイトまで残ったという経歴を持っています。「疲れるのは当り前だ、疲れてナンボという考え方をすり込まれ、我慢をするのは当然のこと」という厳しい環境で育ち、疲れても我慢するのが当り前のことと教え込まれていました。ここ数年は体調がずっと悪い状態が続いていましたが、猛暑となった二〇一二年の夏には異常に体がおかしいと感じたそうです。それでも仕事を休むわけにはいかない、夏バテだろうと我慢していました。ところがそのうちとうとう食事もとれない、水も飲めない、自分の体が壊れていくと感じて初めて病院に行きました。するとクレアチニン値が二一で緊急透析。シャントは作っていませんでしたから足の動脈に直接針をさし、その痛いことといったらなかったそうです。しか

し初めて透析をしたときは、「この五年くらいのあの疲れは何だったんだろうというくらい、体がよみがえるのを感じました。透析に慣れていないから体がつらくなるといわれたのですが、そんなことはなく、逆に透析が終わったら走って帰りたいくらいに疲れがとれました」と、さすが鍛え上げた体は違います。

病気でも「くじけない」「何も考えない」ポジティブ思考

入院したまま血液透析を一カ月ほど続け、その間も検査結果は改善することなく、いよいよ透析生活を始めることになりました。

「入院して透析って聞かされたときは、一週間くらいずっと病室の天井を見て、自分に残された時間のことを考えました。二〇年、運良くても三〇年くらい、これからさき自分は何ができるんだろう、自分はもう終わっちゃうんじゃないかと思いました。ベッドの上で何もできない自分、ただただ自分の体を休めることしかできないなんて、考えればするほど暗闇の中に入っていってしまいました」。

悶々と考えた末、小林さんは事故で死んでも病気で死んでも同じこと、休めるだけ休んでやれと開き直って何も考えないことにしました。そんな気持ちの切り替えができるのも柔道で鍛えぬかれた精神力のお陰かもしれません。

「柔道では、何が挫折なんだかわからないくらいに挫折させられました。負けても負けても、投げられても投げられても、本当に毎日、二、三〇発は殴られましたからね。たたかれてたたかれて、だから社会に出て怒られてもそんなにくじけることがないんです」。

柔道で養われた「くじけない」精神に、病気になって身につけた「何も考えない」経験の相乗効果で、「退院してからの生活は充実しすぎるくらい。すごく幸せです」と、小林さんのポジティブ思考が開花したようです。

病気になってもうひとつ気がついたのは人の温かさでした。奥様もご両親も、友達までが、「具合が悪いことに気付けなくて申し訳ない」といってくれ、お見舞いに来て一緒に泣いてくれた友達もいたそうです。それまでは自分で何でもやってきたつもりでいたのが、これだけ周りに支えてもらっていたんだと初めて気がついたといいます。

料理人と食事制限の両立で、素材の味がわかるように

末期腎不全の治療選択にあたってはかなり悩みました。体格が良いので血液透析でなければ効率が悪いのではないかといわれましたが、仕事を第一に考え日中に何度か透析液の交換をする腹膜透析を選択、カテーテルを埋め込む手術やトレーニングをすませ二カ月ぶりに退院。一週間くらいは休もうと思っていたのですが、店をのぞいてみると大忙し。つ

い前掛けをしてその日から調理場に立ち、透析と仕事を両立させる生活がスタートしました。腹膜透析の透析液交換のタイミングは「朝起きて七時半、ランチが終わった午後二時頃、夜のディナーが一段落した八時半くらい、最後に寝る前の一二時頃」と仕事の区切りに合わせ、透析液交換の三〇分がちょうどよい休憩時間となりました。

腹膜透析では食事制限はそんなにきつくはありませんが、将来、血液透析に移行することも考え細かく管理を始めました。一八〇〇キロカロリー、塩分六グラム、たんぱく質五〇グラムの制限食は、以前、カロリーのことなどまったく気にせずに八〇〇〇キロカロリーくらいとっていたのに比べると雲泥の差、肉の摂取量は一〇分の一に減りました。入院生活と制限食の効果で一二〇キロあった体重も八〇キロと、四〇キロの減量に成功しました。

とはいっても仕事場には食べ物がいっぱい。どのように管理しているか気になって聞いてみると、自分の食べるものは決めた量を調理してタッパーに入れ時間になったら食べ、周りの食品は人のものだと思うようにしているそうで、味見も、味見をした後、全部はき出してうがいをするという徹底ぶりです。

「自分の食事は基本的にはおひたしとさっと湯がいた肉か魚です。この食事にしてから以前より舌が敏感になった気がします。刺身は醤油なしで食べますが、マグロはマグロの味、鯛は鯛の味、ヒラメはヒラメの味がして、味が楽しめる。料理人としては、すごく充実しています」。

しかも人に料理を作っているとそれで満足できてしまうというのですから驚きです。店で出す料理も、それまではいろいろな食材を組み合わせ凝ったものを作っていましたが、病気になってからは地元でとれた安全で新鮮な食材を使い、素材の味にこだわって、よりナチュラルなものを提供するようになりました。お兄さんが退院してきたら、二人で「透析患者さんも一緒に楽しめるレストラン」を作りたいと、将来の夢も見えてきました。

（「そらまめ通信」二〇一三年二月号取材より）

取材をしてから八カ月後、体格の大きな小林さんは腹膜透析だけでは透析量が足りなくなって血液透析に変わり、お兄さんと二人で週三回昼間に五時間の透析を受けています。ランチの営業をやめましたが、腹膜透析の頃よりも体調がよく充実して仕事ができるようになったといっています。お店にはときどき透析を受けているお客さんもいらっしゃるそうで、そんなときは透析の人用の料理を提供したり、ご家族が透析を検討しているという方には、腹膜透析と血液透析の両方を経験した話をすることもあるそうです。

（二〇一六年八月記）

23 がん、脳下垂体腺腫を克服し腹膜透析で気力・体力充実！

藤森純一さん

1955年生まれ
印刷会社経営
【病歴】30代で腎臓が悪いと診断，2005年50歳 腹膜透析

透析を始めても調子が悪かったのが、今は絶好調

八ヶ岳の南麓、山梨県の長坂町で印刷会社を経営する藤森純一さんは腹膜透析を始めて八年目、腹膜透析のお陰で趣味に仕事にと充実した日々を過ごしています。

若い頃から続けている音楽では地元の人気デュオ「ふぉーくしんがーず」のメンバーで、韮崎市のレストランなどで月二回の定例のライブを開催するほか、お祭りやイベントに引っ張りだこ、老人ホームへの慰問もしています。

写真の腕前もプロ級で、八ヶ岳周辺の美しい自然や野鳥を撮影し、撮影した写真をデザインしたポスターやチラシを作って仕事にも役立てています。

昨年、二人目のお孫さんも生まれ絶好調という藤森さんですが、その半生は病気の繰り返しで、五年ほど前までは体調もかんばしくありませんでした。腹膜透析を導入してもしばらくは具合が悪く、取材の二年ほど前にやっと元気になりました。仕事と趣味と病気、どのようにしてきたのか仕事場をお訪ねして伺いました。

趣味の音楽活動が充実している最中、がんに

藤森さんが青春を過ごした一九七〇年代はフォークソングの全盛期で、誰もが一度はギターを手にしたという時代。藤森さんも高校時代にフォークバンドを結成し、文化祭で大活躍、その後も「山梨フォーク村」に参加して音楽活動を続けていました。ラジオの深夜番組に出演したり、旧甲府市民会館の小ホールでの動員記録を作るほどの人気があったそうです。その頃はすぐ近くの清里がブームで藤森さんの近所にも個性的な店が次々とできましたが、そのなかの一軒、ライブハウス「パームスプリング」は音楽仲間が集まる店で、藤森さんも足繁く通っていました。一九九五年には藤森さんがプロデュースを担当して、それぞれがオリジナル曲を持ち寄り「かんとりいぶるう～八ヶ岳の笑い声～」というＣＤを制作しました。これはマスメディアに取り上げられたりもしました。仕事に趣味に充実した三〇代を過ごしていた藤森さんですが、実はＣＤを作る二年前にがんの手術をしました。

入院して腎臓が悪いことが発覚しましたが……

藤森さんのがんは睾丸のがんで、診断されたのは一九九三年、三八歳のときでした。手術をして半年間は抗ガン剤治療を続け、その後、がんは再発しませんでした。しかし、そのときの検査で尿たんぱくが＋３で腎臓が悪いといわれ治療を勧められました。

藤森さんは近所の韮崎市の病院に通院することにしました。ところがその病院は少し変わった治療方針で、「一週間に一回は何でもたくさん食べた方がいい、そうしないと腎臓の機能が落ちるから」といわれ、藤森さんは一週間に一回は存分に食べたり飲んだりしていました。そのうちに、なんとその先生は突然にいなくなってしまったのです。残された患者たちはどうしたらよいものか相談し、腎臓病では名の知れた東京の昭和大学病院に行くことにしました。それまでに藤森さんの病気はかなり進行していたので、一カ月ほど入院して腎臓病や食事療法について勉強することとなりました。このときに血液透析、腹膜透析、移植といった末期腎不全の治療法についても詳しい説明を受けました。

退院してからは、塩分六グラム、たんぱく質三〇グラムという食事を奥様が用意してくれたものの口に合わず、食はどんどん細くなりやせ細っていきました。「将来、透析になるかもしれない、でもできればやらないですませたい」、そんな悩みを抱えながらも、忙しさにかまけてなるべく考えないようにしていました。

仕事が忙しく体調悪化、透析導入に

この頃、町の商店街あげての大事業が進行中でした。活気がなくなってきた町を活性化するにはどうしたらよいか、有志が集まり中央高速道の長坂インターチェンジの出口前に「きららシティ」というショッピングセンターを作ることになったのです。大手商業資本によるショッピングセンターが進出する時代に、地元の中小小売業者が中心になって進める画期的な事業でしたが、それは大変な困難の連続でした。計画書を作り、資金を工面し、五年ほどは趣味の音楽もできなくなりました。二〇〇〇年、「きららシティ」はオープンにこぎ着けましたが、この時点で藤森さんの体調はかなり悪化しており、音楽活動を再開できる状態ではありませんでした。

二〇〇三年、四八歳の時に脳下垂体腺腫から出血し一カ月ほど入院。失明するかもしれないといわれましたが、運良く大事には至りませんでした。しかし二年後の五〇歳のときにいよいよ透析を始めることになりました。

「昭和大学病院での勉強会に参加していた頃から、やるなら腹膜透析だと思っていました。血液透析のことは考えもしませんでした。仕事との両立を第一に考えたからです。透析液の交換は事務所でもできるので、仕事を休まなくていいですからね」。

腹膜透析のおかげで音楽活動を再開

透析を始めると楽になったという人が多いのですが、藤森さんは痛風になったり、貧血を起こしたりと不調が次々とおそい体調は最悪でした。ただ食事制限が緩くなったのが救いで、だんだんと食事がおいしく食べられるようになり、体調も改善していきました。腹膜透析を始めて六年目、きららシティでインストアライブを開催することになり、藤森さんはその運営を担当していましたが、そこでデュオの相方である新村和人さんに出会います。

「出演者のなかに新村君がいたのです。僕より八つ下ですけど、同じメーカーのギターを持っていたため話が弾み、デュオを組むようになったんです」。息がぴったり合った二人は近所のレストランや居酒屋で月二回のライブ演奏を披露するようになりました。最近では噂を聞いた店からのオファーにも応えています。

腹膜透析にもすっかり慣れ、今では毎日四回、朝六時頃、一二時に昼食を取りながら、夕方六時、夜寝る前の一一時に透析液の交換をしています。何度か海外旅行にも行きましたが不自由はありませんでした。

毎日の楽しみは温泉に入ることとか。「この辺にはたくさん温泉があって、最初は恐る恐る入ったんですよ、もちろん入浴用のシールをきちんと貼っています。ちょっと恥ずかしかったですけど、今は全然恥ずかしくないです。『何それ？　コードが出てる』なんて子供にいわれて教えてあげたりしています」。

一番心配なのはいつまで腹膜透析ができるだろうかということです。血液透析と併用して腹膜を休ませながらでも、できるだけ長く続けたいと思っています。

（「そらまめ通信」二〇一三年一〇月号取材より）

その後、藤森さんは腹膜透析を長く保たせるために週に一回血液透析を併用するようにしました。一度だけ副腎不全を起こし一週間ほど入院しましたが、腎臓とはまったく関係ないホルモンの病気だということで、今ではすっかり良くなり、取材当時に絶好調といっていた体調はさらによくなったそうです。音楽活動も楽しく続けられて、今年になり韮崎市から感謝状が贈られ驚かれたそうです。仕事や写真撮影と毎日元気に充実した日々を過ごしています。

（二〇一六年八月記）

24 芸は身を助く、この道を続けられることに感謝！

瀧澤憲一さん

1947年生まれ
二水会 会主 生田流
箏曲 宮城社 大師範
【病歴】33歳 糖尿病
発症，57歳 結核，63
歳 糖尿病性白内障，
2012年 65歳 腹膜透
析

糖尿病の合併症と闘いながら芸道を追求、腹膜透析があって助かっています

腹膜透析を始めて三年目の瀧澤憲一さんは、お箏《こと》の大師範です。稽古場に伺ったときも、大島紬をさらりと粋に着こなし、きさくに箏の美しい調べを披露してくださいました。若い頃は飲んで食べてが大好きで、三三歳のときに糖尿病と診断されました。五七歳で免疫力低下から結核を発症、六三歳では糖尿病性白内障により両目を手術と、次々と病いに悩まされ、体調も悪化する一方で、六五歳で糖尿病性腎症のため腹膜透析を導入することになりました。透析のおかげでだいぶ元気に活動することができるようになり、現在では演奏活動や稽古だけでなく、大学のサークルでも教えているとのことで多忙をきわめています。その結果、食事の半分以上は外食になってしまうので、「腹膜透析があって助かって

いる」そうです。

飲みたいときに飲み、食べたいときに食べ、三〇代で体重が九〇キロに

瀧澤さんは、芝居や長唄が好きだったお父さんの影響で子供の頃から三味線に憧れていましたが、大学時代に生田流宮城社の二水会創始者である故瀧澤芳枝師に出会い、箏と三味線の手ほどきを受けました。好きなことに出会った瀧澤さんは、本格的に箏の稽古を始め、師匠の芸養子となり瀧澤憲一を襲名。以来、芸の道をストイックに追求し、師匠亡き後は二水会会主を継承し、後進の育成にあたっています。若い頃は稽古に明け暮れ、演奏会の前などは夜中の一時二時まで稽古をするのは当り前、稽古が終わると腹ペコの弟子たちを連れて食事に行くという日々を送っていました。飲みたいときに飲み、食べたいときに食べ、食べる量もハンパではないという生活の結果、三三歳で体重が九〇キロを超え、糖尿病と診断されました。それからは毎月病院に行き、薬も飲み、食事にも気をつけていたとはいうものの、奥様から「好き勝手にやってきたのだから自業自得」といわれたそうで、あまりうまくコントロールできていなかったのかもしれませんね。

抵抗力がだんだん落ち、五七歳のときには結核にかかり隔離病棟に七カ月入院しました。体重は五〇キロ台にまで減少しガリガリに痩せてしまいましたが、ダイエットができたの

は不幸中の幸いで、現在は七〇キロと適正体重を維持しています。そのときからインスリンを打つようになりましたが、まだ腎臓が悪いとは診断されていませんでした。ただお母さんがやはり糖尿病から透析を導入していたので、自分もそうなるのかなとうすうすは感じていたそうです。六四歳のときに腎臓専門医に診てもらうようになってからは、糖尿はインスリンで調整し、腎臓病の進行を遅らせるために減塩と腎臓病の治療食を利用し始めました。大学の学生との合宿にも低たんぱくご飯を持参していましたが、クレアチニン値はどんどん上がり、半年くらいで透析を導入することになりました。

注射が嫌いで腹膜透析を選択

透析導入の時は、血液透析と腹膜透析の説明を受けましたが、小さい時からとにかく注射が嫌いで、血液透析は絶対無理と、迷うことなく腹膜透析を選択しました。診ていただいていた病院では腹膜透析をやっていなかったので、近所で腹膜透析をやっている川崎幸《さいわい》病院を紹介してもらいカテーテル挿入の手術をしました。体調は最悪でしたが演奏会の直前だったため、病院から稽古に通い、演奏会を無事済ませてから透析を導入しました。お腹に透析液が入っているので導入直後はチャッポンチャッポンという音が気になりましたが、今ではぜんぜん気にならず、和服の帯も全く邪魔にならないそうです。

最初は、夜寝ている間に機械で透析液の交換をしてくれる腹膜透析にしましたが、自動での排液がうまくいかず、夜中に何回も立ちあがり、二〇分から三〇分もかけて排液をしなければならず、すっかり目が覚めて、毎日睡眠不足の状態になってしまいました。そこで、一日置きに機械を使わずに日中透析液の交換をすることにしました。あまりきちんと時間を守るのは苦手なので、昼間の透析液の交換はその日のスケジュールに合わせて、昨日の例でいえば二時間、三時間、六時間間隔で交換をしました。まだ尿量も保てているので週一回は休んで、透析をしない日をつくっているそうです。かつて脱腸をしたためか、腹膜に穴があいて透析液が漏れてしまうというトラブルがあり、穴を塞ぐ手術をしましたが、そのほかには腹膜炎などの問題もなく順調に透析三年目を迎えました。

おおらかな自己管理で、iPS細胞の腎臓再生に期待

自称「厳しくすると続かない性格」とのことで、自己管理もアバウト。それでも塩辛いものは食べないように、ぶりだったら塩焼きより照焼、リンが高いので鰻とか穴子、小骨があるいわしやさんまは極力避けるとか、栄養士の先生の指導に従っています。それでも「鰻は食べたくなるんだよね〜」と、時々は食べることがあるとか。「腹膜透析は食事の管理も緩いので良かった」といいますが、高血圧やリンの薬など毎朝、山のような薬を飲む

のが一仕事と、芸の道には厳しい人ですが、病気はなかなか厳しく管理できないようです。

腹膜透析は自分の腹膜を使って透析をするので、腹膜の機能が落ちてくると血液透析に移行しなくてはなりません。できるだけ長く使えるように腹膜透析と血液透析の併用という方法もありますが、注射嫌いな瀧澤さんは、「腹膜透析だけでできるだけ長く保たせたいですね。早く山中教授のｉＰＳ細胞で腎臓が再生できるようになればと期待しているんですよ」。それでも血液透析にしなくてはならなくなったら、「しかたないでしょ」と、とにかくくよくよしないお人柄です。

好きなことができるのは、最高じゃないですか！

結核で長期入院しているときに、瀧澤さんは大きな転機を迎えることになりました。それまでは芸事だけではなく、家業の印刷会社を継ぎ従業員一〇〇名という会社の社長さんでした。ところが印刷業界が大変厳しい時代に長期入院をしなければならなくなり、会社をたたまざるを得なくなってしまいました。整理しなくてはならないことも多く、問題は山積み、残されたのは芸の道だけでした。

「廃業も病気もなってしまったものはしょうがない。正直、食べていくだけでも大変ですけど、今の時代は、なにをやって食っていこうかと悩む人が多いのに、自分の好きなことで、何とかやっていけるのはありがたいです。もともと芸事がやりたかったんだから、やりたいことができるなんて、最高じゃないですか」とおっしゃっています。

（「そらまめ通信」二〇一五年四月号取材より）

腹膜透析を導入してから四年目を迎えた瀧澤さん、順調に元気で活躍しています。リンが多いので透析量を増やしましょうということで、今は昼間に透析液を交換する腹膜透析で一日二～四回のバッグ交換をしています。夜中に自動的に透析液の交換をする方法はやはりうまくできずに中止しました。ちょうど発表会の直前とのことで、弟子たちの稽古をみるのに大忙しとか。やはり外食が多いようですが、お酒は一杯だけ、リンには気をつけて選んで食べています。芸事の世界で存分に活躍するため長く腹膜透析を続けられるよう、自己管理を頑張っているということでした。

（二〇一六年四月記）

第四章　腎移植して健常人並み

——献腎移植（亡くなった方がドナー）・生体腎移植（身内からの片腎提供）——

25 弟さんから提供された腎臓で元気を取り戻した演歌歌手

松原のぶえさん

1961年生まれ
演歌歌手
【病歴】2008年 血液透析，2009年 47歳 生体腎移植

腎不全に悩み、透析の苦労を乗り越え、生体腎移植を

テレビや舞台で明るい笑顔を振りまいている松原のぶえさんが、腎不全に悩み、透析の苦労を乗り越えて、生体腎移植を受けていたなんて知らない方が圧倒的に多いのではないでしょうか。しかし彼女は透析や移植のことを隠すことなく、腎移植の一部始終をドキュメンタリーテレビで公開しておられるので、ご覧になった方もあるかもしれません。

松原さんは子供の頃から腎臓が悪く二〇〇八年に透析を導入しましたが、血液透析が体に合わず体調が悪いなかでも無理してステージに立っていました。マネージャーをしていた弟の廣原伸輝さんは我慢を重ねている姉の姿を見かね腎臓の提供を申し出ましたが、松原さんは断り続けていたとか。それがどんなきっかけで腎臓の提供を受けることになったのか、移植で元気になられた松原さんに話を伺ったのは、二〇〇九年、歌手生活三〇周年を迎えたときでした。

我慢するのが当り前の世界で、腎臓病が悪化

そもそもは、幼稚園の頃に急性腎炎で一週間ほど入院したことがあったということですが、それが完治したのかどうかもわからず、一七歳でデビューした頃、病院の先生から腎臓の機能が低下しているのであまり無理をしてはダメといわれていました。塩分も控えるようにいわれていたのですが、当時はデビューしたばかりでとても忙しくて外食ばかり、塩分制限どころの話ではありませんでした。

デビューして三年位たったとき、疲れやすくむくむこともありましたが、ステージに立っているときはトイレにも行けません。「疲れた」とか「具合が悪い」などというと、「甘ったれるんじゃない」と叱られるので、ますます我慢するようになり、病院にも怖くて行けませんでした。当時は頑張るのが当り前という時代、風邪を引こうが、苦しかろうが、「苦しい、つらい」とは一切いわずに、表に出してはいけないと教え込まれていました。

その後、一八年間所属していた事務所から独立し、一九九七年に「のぶえオフィス」を

立ち上げました。ダイエット本を出版したり、テレビの健康番組で検査をしたときも、腎臓には何の異常も発見されず、腎機能は良くなったのだと思って過ごしていましたが、二〇〇八年三月、一気に悪くなりました。大阪で三日連続のステージがあって、中一日のオフにみんなでゴルフに行ったのですが、その日はとても寒くて「風邪を引いたかな」と思っていたら、翌日のステージで声が出にくくなり、その後何日かすると全く声が出なくなってしまいました。症状は悪化するばかりで、息ができないほど苦しくて、夜寝る時も横になることもできずに、枕やクッションを抱えて座ったままで寝るといった状態だったといいます。

これはただごとではないと思い、自宅近くの病院へ行くと、「肺水腫になっていて、肺に大量の水が溜まっている」と、すぐ大学病院を紹介されました。そこで「腎臓が働いていないから、即入院、即、透析」といわれてしまいました。この頃は腎臓がふたつ合わせても二パーセントくらいしか働いていなくて、梅干みたいに固く小さくなっていたそうです。でも透析なんてしたら仕事ができなくなりますから、先生に泣きついて、「薬でなんとかしてください」とお願いして、二カ月ぐらいは何とか保たせました。しかし、最後は食べたものを噴水のように戻すようになって、ついに二〇〇八年五月に血液透析を導入せざるを得ませんでした。

透析を受けながらいけるところまでやろうと舞台を務める

ところが透析を始めたものの、体が楽になるどころか、長時間やると息苦しくなり、三時間だけ透析するのがやっとでした。しかも、もともと血圧が高めだったのですが、透析中に最高値が一八〇から一気に八〇まで急降下してしまい、呼吸もできないほど苦しく、透析中に死んでしまうのではないかと思ったといいます。透析時間が短かったので、血液はまだ汚れが除去しきれていません。透析不足の分も食事や水分の摂取制限が厳しくて、水もわずかに口に含む程度、いつも疲れていて、何をするのもシンドかったといいます。

「私はもう長く生きられないかもしれない」と思いながらも、なんとか歌のステージは務めていました。仕事がない日は透析が終わったらすぐに帰って横になれましたが、仕事が入っていると、透析を受けてそのままステージに立つこともたびたびありました。この頃は顔色も青黒い感じで、ファンデーションを三度塗りしてカバーしていたといいます。

「透析を受けながら、いけるところまでやってみよう。体の辛さやきつさは周りになるべくさとられないようにしようと思っていました。その仕事をやりたくないからきついといっていると思われるのも嫌だったし、同情されるのも嫌でした。透析を受けた人じゃないとそのきつさはわかりませんよね」。

弟からの申し出で腎臓移植をして本格復帰

「のぶえオフィス」の社長でマネージャーをしていた弟の廣原仲輝さんは、そんな姉の頑張る姿を見るに見かねて、自分の腎臓を提供したいと申し出ましたが、「いらない」といわれ続けていました。松原さんにしてみれば、片方の腎臓をとったことで、もし仲輝さんの具合が悪くなったら辛いので断っていたそうです。

しかし、仲輝さんの再三にわたる申し出と、ちょうどその頃、東邦大学の相川厚先生に巡り合って、「レシピエント（臓器を提供される患者）と同じように、ずっとドナー（臓器の提供者）の体もケアーしていきますから大丈夫ですよ」といってくださったので、移植に踏み切ることになりました。六時間に及ぶ移植手術は、無事に成功し、二週間で退院。生活は一変し、二〇〇九年九月には歌手生活に本格復帰を果たしました。

「疲れにくくなったのはもちろんですが、青黒かった肌の色も白くなり、食事も美味しく感じるようになりました」と明るく笑う松原さん。今まで我慢を重ねて人に気付かれないようにしてきたので、周囲の人は透析していた頃の彼女と移植後の彼女の違いに気付く人はあまり多くないそうです。

（「そらまめ通信」二〇〇九年一〇月号取材より）

移植して元気を取り戻した松原さんは、ますます精力的に歌手活動に励み、次々と新曲を発表するなど活躍しておられます。「元気になったのだから、もっと仕事をしろ」などと冗談をいう弟の廣原さんは、腎臓がひとつになっても、先生からメタボに気をつけるようにといわれるくらい元気で、「のぶえオフィス」の社長さんとして、マネージャーとして、励んでおられます。

（二〇一六年五月記）

26 腹膜透析、血液透析、生体腎移植と、腎不全の治療法を全て体験

青山裕子さん

1948年生まれ
北医療生活協同組合
宮前東支部運営委員
(ボランティア)
【病歴】1989年 41歳
多発性嚢胞腎と診断,
1994年 くも膜下出血,
2004年 腹膜透析 その後血液透析との併用, 2010年 生体腎移植

きちんとした治療法説明で、三つの腎代替療法を経験

一万世帯以上が加入する北医療生活協同組合（北医療生協）の理事として、いろいろな行事を企画したりして活躍していた青山裕子さんは、いつも活発で話し上手な人で、誰からも「元気な人」と思われていました。四一歳で多発性嚢胞腎と診断され、その後、くも膜下出血も発症し、腹膜透析、血液透析そして腎移植と、三つの治療法を体験しました。

青山さんが透析を導入したのは、愛知県のみなと医療生活協同組合協立総合病院の腎センターでしたが、その頃、協立総合病院では「患者さんには治療の選択肢をきちんと理解してもらいたい」という取り組みをしていました。そのおかげで青山さんは三つの治療法をしっかり理解して自分に最適な治療法を選ぶことができました。協立総合病院の山川正

人先生と一緒にお話を伺いました。

ビデオで腹膜透析をしている人の生活を見て、腹膜透析を選択

北医療生協で「健康まつり」や、減塩料理教室などのさまざまな企画を立てて、それを具体的に実施するという忙しい日々を送っていた青山さんは、一九八九年、四一歳のときに検診で腎臓が悪いとの指摘を受け、検査の結果、多発性嚢胞腎と診断されました。診断が下ってからは三カ月に一回の検診を続けていましたが、自覚症状もなかったのでだんだんと病院から遠ざかってしまいました。一〇年ほどたったある日、北医療生協の看護師さんから「顔色が悪い」といわれ、みなと医療生活協同組合の協立総合病院を受診すると、腎センターの山川正人先生から「このクレアチニン値なら、もう障害者手帳がとれますよ」といわれてびっくり。それから程なくして、二〇〇四年に透析を導入することになってしまいました。多発性嚢胞腎はお腹のなかで嚢胞（水がたまった袋）が大きくなっていくので、腹膜に透析液を入れて透析をする腹膜透析よりも血液透析を勧められることが多いのですが、青山さんはもともと血管が細く、採血や注射をするときはいつも大変な思いをしていたので、毎回穿刺をしなければならない血液透析は難しいのではないかと危惧していました。

その頃、協立総合病院では「透析治療はまず腹膜透析から始め、腹膜透析のメリットを十分に生かしたあとに血液透析へ移行する」というPD（腹膜透析）ファーストという考え方に基づき、腹膜透析が向いていると思われる患者さんには積極的に腹膜透析を勧めていました。山川先生が外来で腹膜透析から始めることの利点を話し、その後、看護師さんがマネキン人形や冊子、実際の機械、ビデオなどを見せながら説明をして、そしてできるだけ全員に透析室と腹膜透析の外来を見学してもらうようにしていました。青山さんも患者さんの日常生活を撮影したビデオで腹膜透析をしながら仕事を続ける様子を見て、「あ、腹膜透析だったら働くこともできるんだ」と、腹膜透析を導入することにしたといいます。

先輩患者さんのサポートによる希望に満ちたオリエンテーション

協立総合病院では、腹膜透析のことをきちんと理解してもらうために、先に腹膜透析を導入した先輩患者さんに協力してもらい、これから導入しようとする患者さんとの面談の場を設けていました。青山さんもカテーテルを入れているお腹を見せてあげたり、自分の体験を話してあげたりしました。先輩患者さんの外来を見学した人の七割以上が腹膜透析を選択しているそうで、山川先生は「『先輩患者さんに会っていただく』という試みをやってみて、腹膜透析の良さを知ってもらうには、医療スタッフだけでなく、『先達さん』

である先輩患者さんたちの力を借りるのが一番わかりやすいのです。私たちは、『HOPS』（ホップス：Hopeful Orientation with Patient to Patient Support）と呼び、『先輩患者さんから新米患者さんへのサポートによる（希望に満ちた）オリエンテーション』と位置付けています」と説明してくださいました。

腹膜透析と血液透析併用から、夫婦間移植を

青山さんは、腹膜透析を導入したものの決して最初から順調というわけではありませんでした。腹膜炎にも一度かかりましたし、透析液を腹膜に入れるカテーテルの出口部に感染を起こしたこともありました。透析に関する情報は自分で集めなければいけないと腎友会にも入り、セミナーなどにも積極的に参加して勉強しました。ちょっと理解できないことがあったり、なぜ？　と思ったらすぐに病院に電話をかけて教えてもらって、自分でキチンと処理することができるようになり、その後は大事に至る事故は起こしていないそうです。

腹膜透析は、血液透析に比べて残腎機能（残っている腎臓のはたらき）を長持ちさせ、無尿になるのを遅らせることができますが、腹膜透析を始めて五年ほど経つと青山さんもついに無尿になり、腹膜の機能も落ちてきたため、血液透析と併用することになりました。

血液透析では、血管が細いため穿刺には毎回大変な思いをしていました。

山川先生は、透析導入前の治療法選択の説明の際に、移植についてもきちんと説明をしていました。というのも、透析をしていたときは精神的に落ち込んでいた人も、移植をすると同一人物とは思えないほど明るくなるケースを数多く見てきたので、移植についても視野に入れた治療法を選択して欲しいとの考えからでした。青山さんも移植について説明を受け、「できればいいな～」と思い、夫婦間移植のビデオを見たりしていました。ご主人に「いっしょに見る?」と聞いてみたことがありましたが、そのときは「僕はいいよ……」と見てくれなかったそうですが、なんでも夫によく話す青山さんからいつも血液透析の大変さを聞いていたご主人は、少し経ってからビデオを見てくれて、「定年になったら、あげてもいいよ」といってくれたそうです。さすがの青山さんも自分から「あなたのを一つちょうだい」とはいえなかったのですが、「いいの? 本当にくれるの?」と、すぐに山川先生に連絡し、二〇一〇年に、名古屋第二赤十字病院でご主人をドナーに生体腎移植を受けました。

(「そらまめ通信」二〇一〇年六月号取材より)

その後、ご夫婦とも変わりなく、青山さんは北医療生協宮前東支部の運営委員としてさまざまな企画に取り組み、その実施に大忙しです。移植前に比べると体の調子は格段に良く、頂いたご主人の腎臓は十二分に活躍してくれているとのこと。腎移植を迷っている友人には自分の体験を話して励ましたり、以前以上に明るく元気一杯に過ごしているそうです。ご主人も三日に一度、七キロのランニングをかかさず、お元気に仕事も続けているそうです。透析をしているときは食べられなかった大好きなメロンやスイカが食べられるのが何より嬉しいといっていました。

（二〇一六年八月記）

27 義母、母、父の介護が九年間もできたのは、兄の右腎をいただいたおかげ

杉田倶子さん

1947年生まれ
司会業　腎臓サポート協会理事
【病歴】1972年 最初の妊娠時に慢性腎炎，1993年 46歳 腹膜透析，1997年 生体腎移植

たくさんの人の支えがなければ生きていけませんから

当腎臓サポート協会設立当初から患者代表の理事として協力していただいている杉田倶子さんは、一七年間の保存期を経て、四六歳で腹膜透析を導入しました。阪神淡路大震災のときは、芦屋の自宅で夜間の自動腹膜透析をやっている最中でしたが、家族が支えてくれたおかげで事なきを得たそうです。その後、お兄さんから生体腎移植を受け、すっかり元気になった杉田さんは、ご主人と力を合わせてご両親三人を九年間介護して見送ったという体験を持っています。震災のときに痛感したのは、病気のことを周囲の人に知ってもらうことがいかに大切かということと、九年間の介護では、自分は三人の両親を介護するために移植を受けたのだということを悟ったそうです。多くの人に支えられて生きていま

すという杉田さんにお話を伺いました。

腹膜透析で外出や海外旅行を楽しむ

杉田さんは二五歳ではじめて妊娠したときにたんぱく尿を指摘され、慢性腎臓病と診断されました。妊娠中はずっと入院して安静にして無事お嬢さんを出産、翌年には二人目の女の子を授かりました。それから一六年間は忙しく子育てをしていましたが、一九九三年、四六歳のときに腹膜透析を導入することになりショックを受けました。でも始めてみたら「こんなに楽ならもっと早く導入すればよかった」と思ったそうです。

主治医の先生が、「透析治療で元気になったのだから楽しいことをしなさい。食べすぎや疲れなど心配しすぎないように。十分に透析をすれば大丈夫だから」と励ましてくれ、その言葉に力をもらって、おしゃれをして出掛けたりしていました。最初は日中に四回透析液を交換する方法で、外出するときは透析の時間をずらしたり、帰宅してから交換したりしていました。海外旅行でハワイに行ったときは、ホテルや飛行機などいろいろな場所で透析液の交換をし、ワクワクする愉快な思い出となったそうです。その後、夜間に自動的に透析液を交換する方法に切り替え、夜一〇時から朝六時まで腹膜透析をしていました。

家族みんな一緒に、腹膜透析が日常の習慣になっていきました

腹膜透析を選択したのは、家族とできるだけ一緒にいたいと思ったからでした。毎日、家族の前で透析をし、お嬢さんたちも何かと手伝って出口部の消毒をしてくれたりしていました。腹膜透析をよく知らない人は、「医師も看護師もいないところで……」と心配しますが、杉田さんは「手技を覚えて、ていねいに基本通りにやればいいだけですし、痛みもなくて、『こんな楽な透析でよいのか』と思うほどでした。なにより中学・高校という多感な時期の娘たちのそばにいられたのは幸せでした」といっていました。

腹膜透析をしていた四年間は腹膜炎を起こしたこともなく順調でしたが、唯一、危険だと感じたのは阪神淡路大震災のときでした。「明け方、透析が終わるころにグラッときて、機械のうえにタンスが倒れてきました。機械音が止まり、真っ暗で何が起きたのかわからず動くこともできませんでした。一階で寝ていた二人の娘たちが階下から、『お母さん、キャップをして』と叫んでくれ、『ああ、そうだ』と手を動かすことができました。ゴミが舞っているすごい状態で、つなぎ目を上に向けないようにキャップをしました」。お嬢さんたちは、普段から杉田さんが透析をしているところを見ていて、キャップの大切さをよく知っていたからとっさに反応してくれたのでしょう。家族が治療に理解があり、日常のなかでなにげなく腹膜透析が習慣づけられていることがよくわかるエピソードです。こ

のとき杉田さんは、家族に理解されている、守られていると感じて、とても心が安らいだそうです。また、「腹膜透析は災害に強い治療で良かったと思いました。まず透析液を交換できる場所を確保し、すぐに透析液のバッグを届けてもらい、透析をすることができました」と、杉田さんは腹膜透析を選んで本当に良かったといっています。

お兄さんの腎臓と双子なみの相性の良さ

腹膜透析があまりにも順調だったので、杉田さんは移植のことは考えていませんでしたが、「いつまで腹膜がもつのだろう」と気になりだした頃、主治医の先生から「移植が最良の治療ですよ」というアドバイスを受けました。それで臓器移植ネットワークに登録したのですが、献腎移植の機会に恵まれるのは、宝くじに当たるよりも難しいという現実を知り少し気落ちしてしまいました。それでも家族や兄弟に「なかなか機会は巡ってこないようだけど、登録には行ったよ」と知らせたところ、お兄さんが「それなら、ぼくのを」と申し出てくれました。お兄さんは倉敷中央病院の医師で、以前からほかの腎臓病の先生方に相談していて、登録の話をしたときに、「その時期がきた」と思ってくれたのだそうです。お兄さんの奥様も子供も賛成してくれ、一九九七年、五〇歳のときにお兄さんから提供を受け腎移植をすることになりました。

杉田さんとお兄さんは六つ違いで、性格はまったく似ていないのだそうですが、移植前の検査では腎臓は双子なみの相性の良さでした。臓器は白血球の型で自分のものかそうでないかを見分けますが、拒絶反応に関係する六つの白血球の型が全て一致していたのです。六マッチが最高で、合う数が多いほど生着率が高くなり、長くもつといわれています。おかげで杉田さんは移植後の免疫抑制薬も現在まで最小限ですんでいるのだそうです。

両親三人の介護をするために移植を受けたのかもしれない

腎移植を受けてからは、透析を導入したとき以上に元気になり、好きなときに好きなことができる毎日でした。ところが、そんな日々も三年を過ぎる二〇〇〇年、九年にも及ぶ介護の日々が始まりました。最初の五年はご主人のお義母さんの介護で、話すことも体を動かすこともできないお義母さんを、ご主人も早期退職して二人で介護し、九二歳で看取ることができました。そのすぐあとに、今度は杉田さんのご両親を呼び寄せることになりました。お父さんが大腿骨を骨折して精神状態が不安定になり、お母さんの認知症もひどくなったためでしたが、認知症のお母さんは暴言を吐いたり、一日中机を叩いたりで、在宅で看るのは本当に大変だったそうです。お母さんは二年後に九五歳で亡くなり、そのまた二年後にお父さんも同じ九五歳で亡くなりました。杉田さんは、「自分は三人の介護をするために移植を受けたのかもしれない」と思ったそうです。

「移植手術を受けた県立西宮病院の元副院長だった永野先生が、患者会の会報に書かれた文章を拝見することがありました。それには、『何をしたいために移植を受けたかということを、もう一度しっかり考え直していただきたい。それに合うように人生を過ごしているかということを考えていただきたい』と書かれていて、自分は介護生活をまっとうすることができて、本当によかったと思います」。

（「そらまめ通信」二〇一一年六月号取材より）

杉田さんは、現在、芦屋市身体障害者福祉協会理事と芦屋市身体障害者相談員を務めています。糖尿病や胆石、尿管結石なども患いましたが、腎臓にはまったく問題がなく過ごしています。一カ月半に一回病院で診てもらっているので、早めに検査をしているのが良いようです。腎臓を提供してくれたお兄さんは二〇一五年に胃がんで亡くなったそうですが、それまでお兄さんの一つになった腎臓にも特に異常はなかったそうです。杉田さんは、お兄さんとそのご家族には本当に感謝しているとのこと、まもなく迎える移植二〇年をお兄さんと一緒にお祝いがしたかった……。

（二〇一六年七月記）

28 仕事も遊びも、腎移植で分かち合うカメラマンご夫妻

南健二さん　笑子さん

1944年生まれ
カメラマン 元ペンション経営
【病歴】1986年 IgA 腎症と診断，2004年 脳出血，2010年 血液透析，2011 年 66 歳 生体腎移植

一生、透析をするものだと思ってた

「移植のすばらしさを伝えたい」という南健二さんと奥様の笑子《しょうこ》さんは、仕事も遊びも一緒にしてきたという仲の良いご夫妻です。お嬢さんの家族と一緒にクリスマスを迎えようと横浜にいらした折にお訪ねし、お話を伺いました。

南さんは、持病のＩｇＡ（アイ・ジ・エー）腎症が悪化し透析を導入して半年後に奥様の笑子さんからの提供で生体腎移植を受けました。手術後一週間もしないで、「クレアチニン値が劇的に低下し、八～九から一・五を下回るようになったんです。腎臓の機能が回復したのがわかります」と、自分でもびっくりしたそうです。体調も良くなり、食事制限もほとんどなく、透析を受けるための時間の束縛からも開放され、ＩｇＡ腎症を発症して

以来二五年ぶりに普通の生活を楽しんでいます。しかし移植の半年前、透析を導入したときは、一生、透析をしながら生活するものだと思っていました。それが一本の電話で人生が変わったのです。

全国をめぐる撮影が生きがいに

カメラマンの南さんの写真を見たことがある人は少なくないはずです。南さんは作家のC・W・ニコルさんと一緒に活動していて、ニコルさんの本に出てくる写真のほとんどは南さんが撮影したものです。ニコルさんとの出会いは、南さんが長野県黒姫高原でペンションを始めて二年目でした。以前は新聞社のカメラマンでしたが、自然のなかでの生活に憧れて脱サラしたのでした。ペンションブームの走りの頃で、ペンションといえば洋食ばかりだったときに南さんは和食を提供していました。ある日、近所に引っ越して来たニコルさんが訪ねてきて、手作りの日本料理を喜んでくれました。お酒を飲みながら話しているうちに二人は意気投合し、ニコルさんは「俺が文章を書くから君は写真を撮ってくれ、二人でここの歴史を残そう」といったのです。ペンションの仕事に追われていた南さんは久しぶりにカメラを手にして血が騒ぎました。黒姫高原の自然を切り取り、その魅力を伝え、自然の保全を訴える、行動範囲はだんだんと全国に広がっていき、雑誌の連載、単行本、写真集と撮影は南さんの生きがいにもなっていきましたが、その日々は同時に度重なる病気との闘いでもありました。

IgA腎症、脳出血、そして透析に

一九八六年、南さんは町の健康診断でたんぱく尿を指摘され、念のためと受けた腎生検での診断はIgA腎症、将来は透析になると告げられます。初めて聞く病名でした。原因不明で治療法がない病気。たんぱく質や塩分を控える食事療法のほかに、「体を冷やしてはいけない」「重いものを持ってはいけない」といわれましたが、それではペンションはやっていけません。雪かきやビールケースを運ぶ力仕事を助けてくれたのは笑子さんと二人のお嬢さんでした。家族は仕事仲間であり、いつも一緒に遊ぶ遊び仲間でもありました。

体調に気を配り、食事も低たんぱく米、醤油も塩も控えながら過ごしていた南さんを次に襲ったのは脳出血でした。発見が早く最悪の事態は免れましたが、左半身に麻痺が残りまったく動かなくなってしまったのです。「カメラも料理も二度とできなくなる」と鬱々とした気分に襲われました。ところが「気取っていては損をする」とすぐに気持ちを切り替え、カメラも料理も、運転もできるようになりたいとリハビリに励みました。どん底の状態から自らに気合を入れて立ち直ったその努力は並大抵ではなかったでしょう。頑張った甲斐があって二カ月後には杖をつきながら歩けるまでに回復しましたが、カメラの操作ができるようになるのはまだまだでした。撮影にどうしても時間がかかるのを、「健二にはプライドがある。助けることは簡単だけど、しなかった」と、ニコルさんは見守ってくれていたといいます。

二〇一〇年、徐々に進行していたＩｇＡ腎症が急激に悪化しクレアチニン値は八を超え、いよいよ次の月から透析を始めることになりましたが、このときはまだ移植については考えてもいませんでした。

腎移植について多くの人に知ってもらいたい

透析を始める直前、友人から美術展への誘いの電話がありました。その電話にたまたま笑子さんが出て、南さんがそろそろ透析に入ることを話しました。そこで初めて、血液型が違っても、夫婦間でも、今は移植が可能なことを知ったのです。

「『腎移植をした友人が二人いるけど、腎臓はいずれも奥さんからもらったのよ。あなたもあげれば』といわれて最初はびっくりしました。でも話を聞くと、腎臓をひとつあげても、術後はすぐ回復するから大丈夫というので、それならという軽い気持ちで『腎臓をあげてもいいよ』といったんです」（笑子さん）。

「妻の提案は本当にありがたかったです。自分からは持ちかけられないことですから。医師からも、『奥さん、あなたの腎臓をあげたらどうですか?』とはとてもいえません。強制できないところが難しいので、生体腎移植についての説明はあまりされていないのが現実です。でも、透析のほかに移植の道もあることを、しかも昔の常識では無理と思っていたことが可能になっていることも人々に知らせる必要がある」と南さんはいいます。

「末期腎不全になったら透析をするもの」「血液型が違うと移植はできない」「夫婦間では移植はできない」、全てそれは昔のことだったと知ったお二人は、手術の前に腎移植について勉強しました。医師や体験者の話を聞き、資料を読み、データを比較し、透析をしている人たちにも移植についてどのくらい知っているのかをインタビューもしました。

二〇一〇年八月三日、初めての透析治療の日に担当医に移植の希望を告げ、九月から夫婦そろって移植のための検査を開始。二〇一一年一月一三日、笑子さんからの腎臓摘出に七時間、南さんへの移植に四時間をかけて手術は成功しました。

「私は幸運でした。透析が始まってすぐに腎移植の話を聞き、直ちに手続きしたので、透析は半年弱でした。透析期間が長いほど移植は大変になります。また、年齢的にも七〇歳ぐらいまでが限度とされています。私が受けたのは六六歳でした。移植に気付くのが遅ければできなかったかもしれません。ひとつ申し訳なく感じるのは、妻の『後遺症』です」と。笑子さんは退院後、傷跡が痛み、顔のほてりやめまいを感じ、気持ちも落ち込んだのだそうです。

「こんなに痛いとわかっていたら、腎臓をあげなかったのに。傷口に寒さが応えるんです。今考えれば簡単に勧められるものではないですね。きちんと自分の意思を持つことが大切。私にすればあげるのが当然だし、良かったと思っていますが、自分が犠牲になってでも、という覚悟がなければできなかったでしょう」と、笑子さんは当時を振り返ります。

（「そらまめ通信」二〇一四年四月号取材より）

移植してから五年が経ち、お二人とも腎機能に問題はなく元気にお過ごしです。南さんは脳出血の後遺症もあって足が痛く、最近は撮影に出掛けることも少なくなったそうです。奥様の笑子さんは天気が悪かったりするとやはり傷口が痛むとのことで、「腎臓を移植すれば全てが解決すると思っている方がいますが、そこからがスタートなんです。腎臓をもらった人は免疫抑制剤をきちんと飲んで養生しなければ、折角の移植が無駄になってしまうことも知るべきです」と、移植後の生活が大切なことを強調していました。

（二〇一六年五月記）

29 合併症にもめげず、生命を産み、常に前向きに！

加藤みゆきさん

1971年生まれ
記念館職員
【病歴】1982年 10歳 Ⅰ型糖尿病，2002年 30歳 血液透析，2010年 献腎移植

全てに感謝するから幸せに

Ⅰ型糖尿病から出産を経て透析に、そして膵腎同時移植をした加藤みゆきさんに初めてお会いしたときは、カラカラとよく笑う明るさにびっくりしました。その頃、加藤さんは「命の授業」で中学生などに自らの体験を話す活動をしていました。面白おかしく語る体験談に生徒たちのあいだに爆笑の渦が巻き起こるそうです。ところが授業が終わると「大変だったのに、今、幸せそうだから、自分も辛いことがあっても頑張ろうと思いました」「なんて加藤さんは強い人。僕も強い人になりたい」という感想が寄せられ、しっかりと命の大切さを伝えられていますが、これも明るい人柄のなせるワザでしょう。しかしそんな加藤さんでも、死んでしまいたいと思うほど辛いこともありました。

透析になってもいいから子供を産みたい

小学校五年生でⅠ型糖尿病になった加藤さんは、毎日インスリン注射を打つ日々が始まりましたが、そのほかは普通の子どもたちと同じように過ごしていました。病院や学校がとても理解があって、給食はみなと同じ物を食べ、定期的な入院も春休みになるよう配慮してくれたので、インスリンを打ちながらものびのびと成長できました。二一歳のときに尿検査でたんぱくが出ましたが腎臓が悪くなっているとは想像もしませんでした。それよりも「糖尿病の女性は二五歳くらいまでに出産をしないと子供が産めなくなる」と聞いていたので、はやく結婚して子供を産みたいと思っていました。以前からつきあっていたご主人と二三歳で結婚し二五歳のときに念願の妊娠。ところが妊娠と同時に腎臓病がどんどん悪化、妊娠四カ月に入った頃に一週間の予定で検査入院をしましたが、このとき初めて腎臓内科を受診し、将来透析を避けられないことを知りました。腎臓のことを考えて子供を諦めるか、加藤さんは辛い決断を迫られましたが、「今の腎機能だと一生透析を逃れることは無理だから、ちょっとくらい透析になるのが早くなっても、産みたいよね」と先生に聞かれ、「産みます」と即答したそうです。

入院は出産まで延期。腎臓からたんぱく質がもれてしまうのでお腹の子を育てるのにたんぱく質が不足してしまいます。高たんぱく食を摂り、牛乳をたくさん飲み、さらに血液製剤を点滴してたんぱく質を補給、腎臓に多大な負担をかけて透析への道をまっしぐらでした。「自分はどうなってもいい、この子を産まなきゃ」の一心でしたが、体中に水が溜まり二一週で寝たきりに。とうとう肺にまで水が溜まり、二五週で仕方なく帝王切開で子供を取り上げることになりました。六四六グラムの小さな男の子でした。出産後すぐに体調は改善し、「こんなに小さな赤ちゃんが、こんなに母親の腎臓を使っていたんだとびっくりしました」。今になって考えれば、その時に透析を導入していれば、もっと楽に、お腹の子を大きく育ててから産めたのにと、病気について知らなかったことが悔やまれたといいます。

辛い、痛い、次々と襲いかかる合併症

それから五年ほど保存期の治療をしていましたが、たんぱく質制限は五〇グラムから四〇グラム、三五グラムへ。ついに三〇歳で透析を導入することになりました。最初こそ楽になりましたが、すぐに次々とトラブルや合併症が現れ始めます。長年の糖尿病の影響で血管がもろくシャントが作れず人工血管を入れましたが、それも三年半でダメになり作り直し、バネ指になって指が動かなくなり、家事も何もできなくなりました。免疫力が低下しているため足が壊死したこともありました。どの合併症も痛く、辛く、歩くこともまま

ならない日々でした。

「主人と息子のためだけに痛いのを我慢して生きているという感じで、なんで自分は生きているんだろうって鬱《うつ》になったこともありました。一人で透析に行くこともできず情けなくて、主人に、私じゃなかったらこんな苦労をかけることもないのにと何度かいったことがあります」。

「病気か、病気じゃないかは関係ない」といってくれたご主人の言葉が加藤さんを支えてくれていました。

毎日、ドナーさんに感謝して寝ます

膵腎同時移植の話が飛び込んできたのは突然でした。家族で避暑に行く車の中で連絡の電話を受け、「はい、受けます」と即答、病院へ直行でした。手術は夕方六時頃に始まり朝の四時まで。術後に腹腔内に出血し三日後に再手術と大変な手術になりましたが、経過は順調で一カ月ほどで退院し、その後は尿路感染で一度入院しただけでほかにはなにごともなく過ごしています。

加藤さんは移植をしてから就職し、今まで我慢していた海外旅行に行き、水泳で移植者スポーツ大会にも参加しました。移植したばかりの頃は、私だけがこんなに元気になって、亡くなられたドナーの方に申し訳ないと感じていましたが、今では素直に感謝できるようになりました。

「いつもドナーさんと一緒にいる気持ちで、いただいた膵臓と腎臓を大切にしています。毎晩寝るときに、おなかをさすりながら『今日も一日ありがとね、明日も頑張ろうね、おやすみ』と挨拶をしています」。

体験を語り命の尊さを伝えています

話の合間には何度も「おかげさまで」「ありがたいことに」という言葉が出てきました。普通の学校生活を送ることができ修学旅行も学校行事もほかの子供たちと同じように過ごせたのは周りの方々のおかげ。病気を持ちながらも若くして結婚できたのは両家のご両親のおかげ。息子をもうけられたのも周りの皆さんのおかげ。今の職場でも体調を気遣ってくださるお仲間に恵まれて幸せと、全てに感謝している加藤さんの姿が印象的でした。

（「そらまめ通信」二〇一四年一〇月号取材より）

六四六グラムの男の子は二〇一六年の春に高校を卒業し、三月には臨床腎移植学会で親子そろって発表したのだそうです。加藤さんは、移植に関係するものだけでなく、慢性腎臓病や透析、糖尿病に関係するさまざまなイベントに出席し、自らも勉強して、移植の啓蒙にも努めています。ドナー家族と話をする機会もあり、「もらってくれてありがとう」と声をかけていただいたときは本当に嬉しかったといいます。「子供の頃から元気なつもりだったけど、移植して初めて『本当の健康』を知った」という加藤さん、「命の授業」も続投中で、よく笑い明るい毎日を過ごしています。

（二〇一六年六月記）

30 母から腎提供を受けて、腎臓内科医として移植の啓発活動にも取り組む

村上穣さん

1979年生まれ
腎臓内科医
【病歴】７歳で腎臓病保存期となり食事療法などの治療を開始。2011年 母親からの生体腎移植

さまざまな葛藤を乗り越え「移植の啓発」という生きがいを見つける

我が国で地域医療に取り組んだパイオニア的存在の長野県の佐久総合病院で、腎臓内科医として、また地域医療の担い手として活躍しておられる村上穣さん。お話を伺った時は三六歳。順風満帆の人生を歩んできた雰囲気をただよわせた背の高い好感の持てる青年医師とお見受けしましたが、彼の歩んできたこれまでの道は決して生易しい平凡なものではありませんでした。

小学校二年の時に学校検尿で尿にたんぱくと潜血が出ているといわれ、精密検査の結果、膀胱から腎臓に尿が逆流してしまう病気でした。逆流を止める手術をしたものの、すでにその時点で腎臓の働きは半分ぐらいになっていたそうです。それからずっと保存期の治療

を続けてきた村上さんが、医師を志し一人前の腎臓内科医になるまでにはさまざまな葛藤や悩みがありましたが、それらの壁をひとつひとつ乗り越えて、腎不全患者として、移植を受けた腎臓内科医として、「移植の啓発」というライフワークテーマに巡り会うことができたといいます。

友達と同じ生活が送れなかった少年時代の経験から医師を志す

村上さんが慢性腎臓病になった三〇年近く前には今のように低たんぱくの治療食の種類も少なく、お母様は大変な苦労をして、家族とは別に彼だけのための食事を作り、お弁当を作って持たせ保存期を支えてくださいました。その頃の彼はまだ幼くて自分の病気を理解できず、友達が食べている給食が羨ましく、体育もいつも見学、学校が終わっても友達とも遊べない生活は苦痛で、子供心にとても辛いものでした。そんな生活を送るなかで医師を志し、東京慈恵会医科大学に進みました。医学生となって医療を学ぶなかで自分の腎臓病がどんな病気なのかを知れば知るほど、深く悩むことになりました。

「将来、透析になるとはどういうことなのか、自分は長く生きられないのではないか、こんな病気の身体で医師という仕事を続けられるのだろうかと不安がどんどん大きくなり、かなり落ち込みました」。

忙しい勉学の日々を送るうち、若さの助けもあって、病気でくよくよするより、自分は地域医療を志す医師になりたいと思うようになりました。自分が患者として悩んだ時期があった経験を生かし、病気だけを診るのではなく、患者さんの暮らしの背景とか心の動きまでを察した医療がしたい、そのためには患者さんの家を訪問して生活にあった医療を提供する地域医療に取り組みたいと、その道では草分け的な佐久総合病院で研修を受けることにしたのでした。

その村上さんが最終的には腎臓内科医の道を選択したのは、やはり自分の病気があったからでした。患者として自分自身でわかっていることを活かすべきだと思ったのです。腎臓内科医の仕事を始めてみると腎臓内科と地域医療は密接な関わりがありました。高齢の腎臓病患者さんが増えている現在、高齢の人が腎臓が悪くなって入院した場合、どうすれば早く自宅に帰れるか、透析のため週三回通院するか、もしくは自宅で腹膜透析で暮らしていくか、腎臓内科医の仕事をしながら、患者さんが自分の家で今までと同じような生活を送るために支援していく必要があるのです。

腎臓移植をしても悩みは深くなるばかりだった

腎臓内科医として忙しい日々を過ごしているうちにも、村上さんの腎臓病は進行していきました。いよいよ透析を導入する直前に、お母様から提供を受け透析導入することなく腎臓移植をすることができました。移植をすれば腎機能も回復して、精神的にも元気になれると思っていたそうですが、実際には、予想もしていなかったさまざまな葛藤に悩まされることになりました。

ひとつは健康だったお母様が、腎臓がひとつになったことで腎不全になって透析になってしまったらどうしよう、腎臓内科医でありながらそんな危険を冒したことに対する後悔の思いから、自分が透析をして生活したほうがよかったのではないかと落ち込んでしまいました。

そして一番大きな葛藤は、自分は移植で元気になったけれど、移植をしたくても受けられないで透析をしている患者さんがたくさんいることに今更ながら気付かされたことでした。腎臓内科医として、自分と同じ慢性腎臓病の人と接する毎日、自分だけが移植を受け元気になり、ほかの患者さんは透析を受けているということにものすごい後ろめたさを感じ、悩むことになったのです。

腎不全患者だからこそ見つけた生きがい

仕事に打ち込むことで心の迷いを紛らわしていた村上さんは、透析患者さんが長生きできるためにはどうしたらよいか、透析患者さんの感染症について臨床研究をしたいと思うようになり、大学院への進学を決めました。そこで出会ったのが薬害エイズの患者さんの講義で、患者自身の生の声の重み、説得力に深い感銘を受けたのだそうです。大学院の勉強を続けるうちに、いつしか自分も腎不全の患者として、移植を受けた腎臓内科医として、何かできるのではないかと思うようになりました。大学院の研究テーマを「移植の啓発」に変えて修士論文を書き、その後も年に一回、母校の東京慈恵会医科大学で臓器提供について考えてもらうための講義をしています。患者である村上さんの話を聞くことで学生たちにどんな変化があるのかを研究し、学生の感想に「講義を聴いて臓器提供の意思表示をしました」と書いてあったりすると、患者自身が話すことの効果を感じ、「移植の啓発」に自分自身が携わることの手応えを感じるそうです。そうして、長年、悩んだり落ち込んだりを繰り返してきた人生に、やっと生きがいを見つけたと感じるようになったのだそうです。

「腎臓病だとわかった七歳のときから何度も精神的な壁にぶち当たりました。それがようやく自分がやるべきことを見つけ、それによって救われたというか、これまでの全てを受容することができ、今、一番幸せを感じています。自分が患者だからこそ患者さんの気持ちに寄り添える、そして微力ながら少しでも透析患者さんが移植を受けられる、そういった世の中にしていく手助けができればと思っています」。

（「そらまめ通信」二〇一六年六月号取材より）

取材をした二〇一六年には、臓器提供の意思表示をしている人は成人の一二パーセントしかいません。腎移植を受けた村上さんの話を聞いても臓器提供の意思表示をしてくれた学生は八パーセントしかいなかったそうです。海外の研究では二〇、三〇パーセントは当然提供の意思表示をするということですから、日本で移植がなかなか増えない現状を表しているように感じました。それでも村上さんはやっと自分の人生のテーマに巡り会い、今後も腎臓内科医として、腎移植レシピエントとして、移植医療の啓発のために自分にできることを地道に続けていきたいと話していました。

（二〇一六年七月記）

おわりに

三〇人の方の体験を読み返してみて、健常者の私がインタビューをしているのに、病気を持っていても明るく前向きに生きている患者さんたちから、むしろ私の方が生きる力を与えられていたということをしみじみ感じさせられました。

それにしても腎臓は我慢強い沈黙の臓器なんですね。透析間近になるまでまったく自覚症状がなく、気がついた時は透析寸前と皆さん言っておられます。でも腎臓病のサインはちゃんと出ていたんですよね。自覚症状はなくとも、検診で尿にたんぱくが出ていたり、潜血が出ていたり、クレアチニン値が一を超していたりといったサインにいち早く気づいて手を打っていれば、一生透析とはご縁がなく過ごせたかもしれないのに、「たいしたことない」と無視して自覚症状もないまま放っておいて、透析寸前となってしまうのですね。

他の病気もそうですが、特に腎臓病は早期発見早期治療がカギと言われていながら、すぐ対応する人が少ないのが現実です。現在三二万人もの透析患者がいることがそれらを如実に物語っています。

しかし自覚症状がないまま放っておいて、もう後戻りはできないところまできてしまった方たちの心の動きには学ぶところがあります。一旦は奈落の底に落とされたような失望感を味わいながらも、しっかり自分の運命を受け入れ、そこからどうやってＱＯＬを高め、透析導入を遅らせていくか、透析に入ってもやけになったりせずに、前向きに生きている姿には頭が下がります。

特に透析を間近に控えた保存期の方たちで、腎臓サポート協会の「そらまめ通信」の読者は多くがしっかり透析導入を遅らせ、なかには二〇年以上透析を先延ばししている方もいらっしゃいます。

ここに登場した三〇人の方たちの生き様と努力は、腎不全を宣言された方やご家族にとってヒントになることがたくさんあるはずです。一人でも多くの方に参考にしていただきたいと思います。

腎臓病の早期発見早期治療のためには、自覚症状がまったくないことから検診しかありません。厚生労働省も、いろいろな団体もＣＫＤ対策に真剣に取り組んでいます。私たちＮＰＯ法人腎臓サポート協会も、ＣＫＤの患者さんたちのサポートはもちろんのこと、それ以前の早期発見早期治療をどう皆さんにアピールしていくか、今後の課題と思っています。

今回この本をまとめるにあたって助けてくださったミネルヴァ書房の河野菜穂さん、

「そらまめ通信」の編集の椿栄里子さん、校正を手伝ってくださった山下陽子さん、そして何よりこの本に収載することを快く承諾してくださった患者の皆様に、改めて御礼申し上げます。

この本が少しでも多くの方の目に触れてわが国の腎不全患者が増えないことを切に願っております。

二〇一六年一〇月

松村満美子

〈著者紹介〉
松 村 満 美 子（まつむら・まみこ）

1939年　東京四谷に生まれる。

千葉大学文理学部卒業後，NHK のアナウンサーを経て，フリーの TV のキャスター，ジャーナリストとして活躍。日本腎臓学会，日本透析医学会をはじめ，多くの学会の倫理委員。

現在，NPO 法人腎臓サポート協会理事長，認定 NPO 腎臓病早期発見推進機構（IKEAJ）理事，高齢社会をよくする女性の会（理事・運営委員）等々。

2016年　山上の光賞ボランティアの部門受賞。

著　書　『新しい女性の為の結婚祝辞』永岡書店，1978年。

『女の魅力は気品と香り』コンパニオン出版，1986年。

『「腎不全」を生きて』ミネルヴァ書房，1991年。

『徹底紹介『環境首都』フライブルク』中央法規出版，共著，1997年。

『腎不全でも あきらめない』ミネルヴァ書房，2007年他。

続・腎不全でも あきらめない

2016年11月30日　初版第１刷発行　〈検印省略〉

定価はカバーに
表示しています

著　者　松 村 満 美 子
発行者　杉 田 啓 三
印刷者　坂 本 喜 杏

発行所　株式会社　ミネルヴァ書房
607-8494 京都市山科区日ノ岡堤谷町１
電話代表（075）581-5191
振替口座　01020-0-8076

冨山房インターナショナル・新生製本

ISBN978-4-623-07867-7
Printed in Japan

腎不全でも　あきらめない
●強く明るく生きる三二人の物語
松村満美子　著
四六判・二一六頁
本体一八〇〇円

高次脳機能障害を生きる
●当事者・家族・専門職の語り
阿部順子
東川悦子　編著
四六判・二六六頁
本体二〇〇〇円

生老病死の医療をみつめて
●医者と宗教者が語る、その光と影
中井吉英　編著
四六判・二二四頁
本体二五〇〇円

わが子は　発達障害
●心に響く33編の子育て物語
内山登紀夫
明石洋子
高山恵子　編
四六判・三二四頁
本体二〇〇〇円

介護　老いと向き合って
●大切な人のいのちに寄り添う26編
樋口恵子　編
四六判・二四四頁
本体二〇〇〇円

自分で決める　人生の終い方
●最期の医療と制度の活用
樋口恵子　編
四六判・二〇八頁
本体二〇〇〇円

ミネルヴァ書房

http://www.minervashobo.co.jp/